「行ってくるぜ!」

そして数年後——
クラウス家にて

CONTENTS

DAME SKILL [AUTO MODE] GA KAKUSEI SHIMASHITA

イラスト：潮一葉　デザイン：モンマ蚕＋吉田有里（ムシカゴグラフィクス）

ダメスキル
自動機能《オートモード》が
覚醒しました
5
LA軍
Illust.
潮一葉
～あれ、ギルドのスカウトの皆さん、
俺を「いらない」って言ってませんでした？

プロローグ「フィールドオーバーの日」

ガヤガヤ

ざわざわざわ

今日も今日とて通常営業の辺境の町の冒険者ギルド。

いや、むしろ例のアークワイバーン襲撃以来、依頼やらなんやらが増えて忙しくなったような気もする今日この頃。

増員なしの冒険者ギルドでは、職員が右往左往。転移ゲートも昼夜フル稼働で冒険者たちでごった返していた。

しかし、そんな喧騒《けんそう》とは打って変わって遮音結界の張られたギルドマスターの部屋は一種異様な静けさに包まれていた。

室内にそっと視線を移せば、淹《い》れたてのお茶から立ちのぼる湯気が、まるで嗅覚を視覚情報に変えたかのように香り高くいかにも美味《おい》しそうに漂っていた――――。

「――代わりと言っては何ですが、クラウスさん達、――あなた方に調査を任せたいのよ」

ずずー。

そうして、湯気を纏《まと》うお茶がグビリグビリとギルドマスターであるサラザール女史の喉に流れていくと、まるで合わせたようにクラウス達も同じくお茶を一口。

「「「ズズー……」」」


あ。これいい茶葉使ってるわ。

お茶の種類なんぞ、まったく知らないクラウスにもわかるほど格調高い味がする。

うん。

うん、うん。

で、なんだっけ？

「ん？　調査のことかしら？　……そうねぇ、今から準備を整えて今日中には出発してほしいのよ、事は一刻を争うからねぇ」

「……え、えっと、それって、今話題沸騰中の『空を覆う影の谷』のことですか？」

「そうね」

「へ、へー。つまり、僕らに、フィールドオーバー中の上級フィールドに行けってことだよな？

……中級の僕と、中級のクラウスに」

「そうねぇ」


へー。

「……へー」「……へー」

ずずー。

「……ん？」

クラウス&メリムも、お茶を一口……。リズだけはいまいちわかっていないのか首を傾《かし》げている。

うんうん。ぶっちゃけクラウスさんもわからない。このクソババァこと、ギルドマスターのサラザールが何を言いたいのかわからない――。

「あ、おかわりどうぞ」

「「ども」」

あー、いい茶葉使って――――……。

ぶ―――――！
ぶぼぉぉぉおおおおお‼

「「ぎゃぁっぁぁあああああああああ⁈」」

「きゃ‼」

同時にお茶を吹き出し、ふっかけ合うクラウスとメリム。

余波がリズとミカにも直撃――……。

「あっづ‼　あっづぅぅうう‼」

茶ぁぁあ、あっつ――――い‼

「ぎぇぇぇぇえ！　き、きちゃねー！　なぁにすんだよクラウスぅぅうう！」

「こっちのセリフだっつの、あーあーベチャベチャじゃん。……うわ、くさッ」

「べとべとー……」

「…………ま、まず、アタシに謝んなさいよー」

涙目のリズと、二人の余波を食らったミカはお茶でべちゃべちゃになった顔でプルプル震えている。

……し、知らんがな。わざとちゃうわーい!!

くっそー。サラザールの野郎はちゃっかりお盆でガードしているし……。

「あら、あら？　おかわりいります？」

いるかー!!

「そう？　私は貰《もら》いますね」

ずずー。

「ほー……」美味しい……。とばかりに、ホッコリと息をつくサラザール――――。

……って。

「――飲んどる場合かああああああああ！」

バシーン！　とサラザール女史のカップを叩《たた》き落《お》とそうとするも「あらよっと～」と、すばやくお盆でガードされたクラウス。

「いっっったぁぁぁあああああ」

鉄製のお盆を、もろに叩いた!!　いったぁぁぁあああああ!!

お手々をふーふーして涙目のクラウス。

「いきなり女性に手を上げるとか、見損ないましたよ……」ジロリ。

って、

「み、見損なッ…………そりゃ、こっちのセリフだっつの!!」

何言ってんのこの婆さん?!

「なーに言ってんのよ、このばあさんはぁぁああ!」

「そ、そうだぜ！　黙って聞いてたら、えぇ?!　僕とクラウスだけで?!　ちょ、調査ぁぁぁあ?!」

いやいや！　無理無理無理無理!!

しかも、フィールドオーバー中だろ?!　絶対無理だから！　あと、メリムは黙って聞いてはいないからなッ！　お前チョイチョイ口挟んでるからな！

「えぇ、そうですよ。メリムさんは物わかりがいいですね」

「……えへへ」

いや……アホ!!　あほメリム!!　──そこ、なんも褒められてないから!!!　どこに照れる要素あったぁぁあ?!

つーか、

「いやいやいや!!　無茶言わないでくださいよ!!　何度も何度も言いますけど、俺、中級っすよ、チューキュー！　もちろん、こいつも！」

ぐわしっ！

メリムの頭を摑《つか》んでサラザールに「ほれほれ！」と指し示す。

「いぎぎぎ！　あ、頭摑むなよ！」

「うっせー！　お前もアピールしろっつの!!」

なんならメリムとクラウスは同期だからね!!　つーか、ここで試験受けたんだから知ってるでしよ?!

「ええ、もちろん」

だったらぁぁぁあああ!!

「だから、Ｂ級に昇格させたじゃないですか。ま、中級には違いないですけど――」

ですよねー。

「って、それを込みでの昇格だったのぉぉぉおおお！」

ぐぉぉぉおおお！　騙《だま》された！　だーまされーたぁぁぁあ！

「返す」

「無理ですよ。……第一返してもらっても、依頼は変わりませんから」

「「んな！」」

あまりの無茶ぶりにクラウスとメリムが絶句する。

「ふぅ……言いたくないけど、王都の上部組織からの指名でもあるのよ」

そう言って瞑目《めいもく》するサラザール。彼女なりに葛藤もあるのだろうが、矢面に立たされたクラウスとしては看過できない話だ。

「そ、そんなの知りませんよ！　いくら何でも無茶苦茶でしょう！」

「そうねぇ。無茶苦茶だわ。……だけど、目下動ける冒険者で腕の立つ人は、ほとんどがフィールドオーバーの阻止に向かっているわ」

な、なら！

「その人らがやればいいんじゃないですか？」

「そ、そうだぜ。そーいうのって、もっとこう僕らみたいなのじゃなくって、A級とかの上級冒険者に頼むもんだろ？」

「そうですよ!! メリムの言うとおり俺たち中級っすよ?! チューキュー!!」

しかも、なりたて新米。――あ、最近B級に昇格させられたけど…………って、そうじゃない!!

いくらB級になったとはいえ、ほんのちょっと前にマッチョなパイセンにボコられたほど、弱っちいんですよ!! なのに、フィールドオーバー中の内部を調査してこいって……?!

な、何言ってんの?! ナ―――――ニ言ってんのぉぉぉおおお？

「俺にそん――――……」


「なんで……」


ん??

クラウスが激高する前に、リズが俯《うつむ》き、ぽつりと零《こぼ》す。

「――なんで……お兄ちゃん、なんですか？」

そして、はっきりと、俯いていた顔を引きはがすようにまっすぐに、サラザール女史を見つめると言った。

老獪《ろうかい》なギルドマスターの鋭い眼光に負けぬように、あのリズが――。

「なんで⁈　どうして⁈　なんでなの⁈　い、意味わかんない‼」

ガシッ‼

クラウスの一撃でさえ躱《かわ》したサラザール女史がリズに胸倉を摑まれている。

「どぉぉして⁈　なんでお兄ちゃんなの⁈　だ、だって、お兄ちゃんはタダの――」

「………………そうね。彼は、ただの中級冒険者よ。しかも、先日までは下級で、お世辞にも強いとは言えないわね」

「な、なら――」

クラウスが口を開こうとしたが、

「なら、なんでよ⁈　なんで⁈　お、お兄ちゃんが弱いって知ってるじゃん⁈　なんで？　なんで？　なんでよ⁉」

今までに見たこともないほどの剣幕でサラザール女史に食って掛かるリズに、クラウスも口を挟む隙がないほどだ。
リ、リズ……。
詰め寄るリズを見て胸が熱くなるクラウス。……自分だって同じ気持ちだから当然だ。

弱いと言われたのはちょっと、グサッと来たけど――。

「なんでお兄ちゃんなの？　田舎だけどここにだって、他の中級冒険者や上級冒険者もいるし、そもそも、そんな弱いお兄ちゃんにだなんて…………！　お兄ちゃんは私の最後のたった一人の家族なのに⁉　なんで⁈　なんでなの⁈」

リズがプルプルと震え、涙ぐんでいる。

「なんで、お兄ちゃんなのかって聞いてんのよ!! 弱いって言ってんでしょ!! 雑魚なの！ 最近まで下級だったの!! 使えないユニークスキルしか持ってないのぉぉおおおお!!」

止《や》めてリズ。その言葉は俺にも効く――……。

「…………もちろん、何度も言われなくってもわかってますよ。これでもギルドマスターですからね」

「じゃ、じゃぁ!!」

「そうね…………」

ずずー。

「リズさん。……確かにあなたの言う通りよ――クラウスさんは弱い。そして、ただの中級冒険者ですね」

「な、なら！」

ぱぁっ、とリズの顔が一瞬明るくなり、

「…………………でも、行ってもらいたいの」

「「……は??」」

そして、すぐに硬直した。サラザール女史は、有無を言わせぬ態度に感じられる。

「理由は……そうね。――……クラウスさんならできるからよ…………」

「そ、そんな?!」

顔をゆがめるリズ。

……い、いや、だから――。

「で、できるからって…………？　で、できないですよ!!」

「いーえ、できるわよね。アナタなら――？」

そう言い切ると、スッとクラウスを真正面から見据え、

「単身、アークワイバーンに、数多《あまた》の傭兵《ようへい》とユニークスキルを持ったA級冒険者すら歯が立たなかった厄災の芽に挑み、そして、見事その首を切り落とした勇者なら――」

「いや、ちょ――……あ、あれは」

あれは、たまたまで……。

「――たまたまでアークワイバーンを倒したと？　笑わせるわね。上級冒険者の中でも屈指の強者集団――『特別な絆《スペシャルフォース》』が手も足も出ずに敗北し、衛兵隊もギルドのスカウトたちも手をこまねいていた相手よ？　……正直、町が滅びると思ったくらいだわ」

「それは――……。でも、俺が倒せたのは、ゲインたちがある程度ダメージを与えていたからで……」

くそッ。こういう事態になるからユニークスキルの力をひた隠しにしてきたってのに……やっぱり、厄介ごとに巻き込まれるか。

クラウスは歯噛《はが》みしつつ、なんとか言い逃れできないかと思案する。

「そうよ。そのゲイン・カッシュたちが敵わなかった相手――アークワイバーンがいた『巣』よ？　……それ以下の実力者を送り込んでも、どうにもできないわ――」

そう言い切ったサラザールは、

「……3回」と呟《つぶや》き、自身の指を3本立てて、クラウスに突き付けた。

「は？　さ、さん……？」

「そう。3回。……ギルドだってバカじゃないわ？　そして、さすがに中級のアナタを無策に送り込むほど薄情でもない──。だから、王都の冒険者ギルドとも相談のうえ、すでに3回派遣したの──上級冒険者を含むパーティを『空を覆う影の谷』にね。結果は……すべていまだ音信不通」

……な⁈

「そ、そんな⁈　……そんなところにお兄ちゃん達を⁈」

「ええ。そうよ。だからこそ、よ。……もう、これ以上の犠牲は出せないわ──あそこでは、今想定以上の事態が起こっているのよ」

いや……、ならばなおのこと、そんなところには⁈

「──いや、だから！　無」

慌てて拒否しようとしたクラウスをサラザール女史が手で制すると、

「……スケルトンジェネラル」


「へ？」

す、スケルトンジェネ…………はぁ⁇

「いきなり、なんの──？」

「──次に、レッサージャイアントフットを複数」

……は、はぁあ⁇

「そして、それ以外にも短時間で狩場のボスを撃破していますね」

「へ？　い、いや……」

な、なに？　急に何の話だよ⁉

なにぶん、いきなり古い話を持ち出されたためか、クラウスの理解が追いつかない。いや、本当はわかっている、わかってはいるが認めるわけには――。

「……さらには、ミカ・キサラギ氏と交戦――彼女が操る上位のグールを瞬時に倒し、続いて傀儡化死体《パペットボディ》の群れを殲滅《せんめつ》」

「いや……。だから――⁉　っていうか、なんでそれを」

部屋の隅で静かに事の成り行きを見守っているミカを見やれば、ぷいっとソッポを向く。

「……そして、先日――アークワイバーンを単独で撃破」

「ッ！　だ、から……」

それは――。

……まるで見てきたかのように、クラウスの戦歴を並べるサラザール女史。そして、

「ゴメンなさいね。マンドラゴラの一件から、アナタには監視がついていたのよ」

「……………はッ⁉」

か、監視……？　んなアホな――‼

マンドラゴラの一件って、いったいいつの話だよそんな気配感じたことも――………。


「……ティエラ」

パチン！　と、サラザール女史が指を鳴らすと、部屋の隅――観葉植物の陰から音もなく少女が姿をあらわした。

「お、おまッッ!!」

「…………………っ」

バツが悪そうに目をそらしているのは、いつぞやのダークエルフ、ティエラだった。

「ま、まさか、アンタが監視?!　え……、じゃ、じゃあ、まさか、夕闇鉱山の時からずっと?!」

「…………………ゴメン」

ば、ばかな……?!

た、たかが下級冒険者一人のために、中級冒険者を?!　――しかも、…………ずっと⁉

「もちろん、ずっとではありませんよ。この町にいる間だけです。ですが――」

サラザール女史はゆっくりと言葉を切り、そして言った。

「――アナタは、実力以上の魔物を何度となく倒し、そして無事に帰還した――……それもほぼ無傷で」


ドクンッッ!!


クラウスの心臓が跳ねた。そして、夕闇鉱山で出会ったティエラを思い出す。

確かに、彼女の前で【自動機能《オートモード》】を使い――――『自動戦闘』でスケルトンジェネラルを倒した。

……いや、それだけじゃない。雪山での戦闘も――――地下墓所《カタコンベ》での戦闘も……。アークワイバーン戦ですら、すべて見られていた⁉　クラウスが死にかけている、その瞬間にも⁉

「ど、どうして………………」

「……ゴメン」

ティエラは言葉少なげに謝り俯く。

「アナタには申し訳なく思うわ――……勝手に監視して、勝手に期待して、勝手に任務《クエスト》を押し付けようとしている――」

そうだ。

勝手だ……。勝手過ぎる。

「だけど――控えめに言ってもね。……アナタは近隣ギルドでは、現時点で最強かつ最大の戦力なのよ」

「は、はぁぁあ？」
ク、クラウスが最強⁉　いやいや、ないない……。
「だから、今はアナタにしか頼めない。いえ、頼む人がもはやいないの――」

いや、聞けよッ！　人の話ぃ！

「……それでも、アナタは断りたいでしょうね」

「当たり前っすよ！」

リズを残してそんな危険なクエストを受ける理由がないし、……義理もない！

「そーだ、そーだ!!」

クラウスとメリムのブーイング！　リズだって、ぷっくーと頬を膨らませている。

「義理ねぇ――義理ならあるんじゃないかしらぁ？　クラウスぅ」

そこに、それまで黙っていたミカがいやらしく茶々を入れる。

「……はぁ？」

何言ってんだコイツ⁇

「バーカ！　お前に義理なんかねーよぉ！」

メリム正しい。

だが、そんな言葉なんて意にも介さぬミカがニチャァッと笑うと、さらにまとわりつくような目をメリムに向ける。

「――クスクスクス。どうかしらぁ？　知ってるんだからねぇ、アタシ。……アンタ、うちの新人に命救われてるんじゃないのぉ」

「は？　……うちの新人《『特別な絆』》って――……え？」

ま、まさか……。

「ミカ・キサラギ――勝手な発言を許した覚えは……」

ため息をつきながらも、サラザールが止めようとしたが、クラウスはすでに気付いてしまった。

そ、それって――。

「まさか………。シャ、シャーロットか？」

「ビンゴー。そうよぉ――あの子ってば、あれでいて結構義理堅いからねぇ。……今もゲインと一緒にいるんじゃないかしらぁ？」

——ッ?!

「ア、アイツが？」

——う、嘘《うそ》だろ……⁉

クラウスの動揺を弄ぶように、場の空気も読まずに——ニィと笑いながらおちゃらけて指を弾《はじ》く
ミカを苦々しく見るクラウスたち。

「げっ、アイツ、まだ——?!」「シャ、シャーロットって、あの時の子——??」

クラウスもメリムも——そして、リズも知っている。

なぜなら、

「はぁ……、まったくもー。ミカ・キサラギ……アナタという人は。——私は、そういう人質をと
るような真似はしたくなかったのですよ」

サラザールは頭を抱えながらもぽつりと零す。

「……ですが、こうなっては仕方ありませんね。ええ、その通り。重要参考人として指名手配中の
『特別な絆《スペシャルフォース》』の残党の中には、もちろん、シャーロットさんも含まれていますよ」

な、なんてこった！《マンマミーア》

「それだけじゃないわぁ」

にぃ。

「アンタぁ……エリクサーが欲しいんですってぇえ？」

ッ?!?!

「ん、んなッ！　な、なんで、お前がそれを！」

思わずグワバッと音がするほど勢いよく振り向いたメリムに、ミカが会心の嘲笑を浮かべる。

「コ、コイツ――」

ミカ・キサラギ、お前ッ――！

「言ったでしょ～。私《ワタクシ》はギルド預かりの身だって。そこの馬鹿エルフから事情を聞いていないとでもぉ？」

どきっ！

急に話を振られ思わず目をそらすティエラに、全員の視線が集中する。

しかし、当のメリムはそれどころではなかった！

「ど、どこだ!!　どこにある!!　ま、まさか、お前が持ってるのか?!」

むんず！

「馬ッ鹿ねェ……、持ってるように見えるぅ??　――持ってたら保釈金なりなんなりで、もうちょっとマシな待遇を受けてるわよ」

パシンッ！

「ぐ！　……な、なら！」

摑みかかるメリムをうっとうしげに払いのけるミカ。そして、なおも言い募ろうとするメリムを止めようとしたクラウスであったが――そこでハタと気付く。

──そう、ミカの言わんとすることに……。

「……お、おい、まさか！」

ニィ。

ここに至り、口角を吊《つ》り上《あ》げるミカの、その表情を見て確信したクラウス。

メリムが捜索しても、市場に当たっても見つからなかった超高級品のエリクサー。ならば、それはどこに──？

「んふふー。アンタたち運がいいわねぇ──ちょうど、欲しいものがそろってるわよぉ」

指名手配中のゲイン。

命の恩人のシャーロット。

そして──。

「ほ、欲しいものだって？　エリクサーがそう簡単に……」

「いや、まて、メリム！　──い、一度、話を聞いてみよう」

食って掛かりそうなメリムを宥《なだ》めて話を促すクラウス。

……いや──わかってる。本当はわかってる。──聞くまでもなく……そんなものを買い占められる連中なんて、限られているってことに……！

クソ！　パズルのピースがはまっていくようだ。

だけど、そうか、そういうことか……！

「アイツ……なのか？」

ゲイン──。ゲイン・カッシュ……！

「んふふ～。ご想像の通りよぉ――エリクサーは、投資や転売分も含めて、ぜ～んぶ、ゲインが持ってるわぁ」

「――あのやろぉッ!!」「な、なんだってぇぇぇ?!」

思わず立ち上がるクラウスとメリム。

ろ、ろくなことをしない奴《やつ》だと思っていたけど、まさか、買い占め&転売ヤーにまでなりやがったとは――。

「うふふふふー。アイツの言葉を借りるなら、保険と投資の一環――ですって。おそらく、値が吊り上がるまで後生大事に手元に持ってるんじゃないかしらぁ?」

悪びれないミカの言葉を皆まで聞くこともなく、メリムがすっくと立ち上がる。そして、

「…………行く」


は?

「お、おい、メリム――」

「ぼ、僕は行くぞ！　お、おい、アンタぁ！　えっと……」

何か言いたげに振り返ったのは、ギルドの主《あるじ》の顔――。

……ずずー。

「サラザールですよ――。……あと、ギルドマスターと呼びなさいな」

がくっ！　ギルドマスターの名前忘れとったんかい!!

「あ、あぁそうだな!!　……いや、そんなことよりも――そ、そのクエスト、受ける!　受けるよ!　今すぐ受けて、今すぐ行く!!」

チラッ……。

「……心意気は結構。ですが一人では無理ですよ」

「んなにぃ?!」

ずずー。

サラザールの奴は、まるで狙っていたとでも言わんばかりに、白々しく茶を啜《すす》る。

あー……。

「ミカの言葉を遮らなかったのはこういうわけかよ」

「さて何のことやら」

く!　白々しい……!

だがこれで合点がいった。

メリムの欲する、エリクサー。そして、ゲインとともに行動中のシャーロット……。

まるで、このタイミングを狙っていたようなギルドのやり口に、正直腹が立たなくもなかったけど――。だけど、それでも……。


「クラウス、クラウスー♪」

「えーい、『空間断裂ー』!」

……あの少女の面影が脳裏をよぎる。

決して深い付き合いでも……長く交流があったわけでもない。むしろ一方的で、迷惑にすら感じてもいた――――だけど、

「お、お兄ちゃん……」

くいッ。

「……うん」

リズの言わんとすること――。

そう、だな……。彼女は、クラウスの一番大事なものを守ってくれた恩人であるのは間違いない。助けに行く……義理はあるってことか。


はぁ…………。


「……わかった――行く。俺も行くよ」

「クラウス?!」「お兄ちゃん……」

思わず顔を上げるメリムとリズ。

二人の顔は対照的だ。驚きつつも、喜色を浮かべたメリムと、驚き、困惑しつつもクラウスのことを案ずるリズの顔。

「わかってるよ」

ぽんっ、とリズの頭に軽く手を置くクラウス。

「うん……」

それだけで通じ合う二人。

悲しげに目を伏せるがそれでも、もう何も言わないリズ。——彼女にとっては、たった一人の家族を死地に送り込むに等しいのだから、当然の反応だろう。

さっきまで強固に反対していたのも、間違いなく本心だ。

……それでも。そう、それでもシャーロットを見捨てろ、なんていう子ではない。

「だけどなぁ」

そう。だけどなぁ。なんだか、ギルドやミカ達にうまく乗せられたような気がして、いい気分でないのも確か——。

だから、一言言ってやる。

「——だけどなぁ、俺はアンタらが期待しているような働きはしないからなッ!」

どうせ、なし崩し的にアークワイバーンの繁殖場でも潰させようってんだろうけど、そうはいかない。

……なぜなら、クラウスの目的はハッキリしている。

『シャーロットの救出（?）』と、ゲイン達が保有しているであろう『エリクサーの入手』だ。

これさえ達成できれば、フィールドオーバーなんて知ったことか。

「——ええ。それで結構ですよ。我々とて、ただ手をこまねいているわけではありませんからね。

ティエラ！」

「は、はい‼」

鋭い眼光のサラザールに見つめられたティエラはビシィ！　と直立不動に。

「彼らに同行し、護衛なさい――道中の危険はアナタが排除するのよ！」

「りょ、了解です！　……って、えええええ⁈」

どうやら、ティエラも想定外の指示であったらしい。

それでもプロ意識なのか、ダラダラと冷や汗を流しながら敬礼するティエラ。

「……無理はしなくて結構よ。アナタたちへの依頼はあくまでも調査。フィールドオーバーの原因を特定してくれればそれでいいわ。あとは上級の冒険者に引き継ぎます」

おおよその原因はわかってはいるがあくまでも推測だ。しかも、多分に憶測を含んでいる。……なにより、どうやってフィールドオーバーを起こしているのかがわからない。

今わかっているのは、かつてゲインがあそこでアークワイバーンを生み出し、そして、今現在――そこにゲイン達が潜伏しているということだけ。……つまり状況証拠のみというわけだ。

だが、それで十分。

「ではよろしくね。ちゃんとサポートはしますから、いいですね？　ティエラ？」

キランッ！　と片眼鏡《モノクル》を光らせるサラザール。まるでクラウス達を投入する以外にも策があるような言いぶりだけど――……。

クラウスが、その言葉の真意を知るのは、しばらく経《た》ってのこと。

「は、はい‼　い、行くわよ、ほら‼」

「お、おう。わかった！　行くぞ、クラウス!!」

一刻も早くエリクサーを手に入れたいメリムはクラウスをぐいぐい引っ張る。そして、クラウスはといえば――。

「お兄ちゃん……」

心配そうに見つめるリズの頭に手を置いて、ひと撫《な》でするると、

「心配すんなって。すぐ帰ってくる――いつもそうだったろ？」

「う、うん……。だけど――」

リズの心配はもっともだ。だから――。

「おい、ティエラ。現場までどのくらいだ？」

「へ？　あ、あー。そうね。転移ゲートを使って『僻地《へきち》の町』まで行って、あとは、狩場をいくつか経由――まずは前線基地になってる『赤く錆《さ》びた街道』まで、片道3時間ちょっと、そこからさらに数時間ってとこかしら？」

ふん。

「それじゃ遅過ぎる――」

「は？」

ポカンとした顔のティエラを尻目に、ガシリとメリムとティエラの腕を掴むと言った。

「死ぬ気で付いてこいよ」

「へ？」「へ？」

「「――は??」」

口をへの字にしたメリムとティエラ。そして、疑問顔のリズとギルドの面々を無視してクラウスはスキルを発動する。もちろん、移動時間を短縮するために『自動移動』を使用だ！　それもただの『自動移動』じゃないぞ!!

ここに至り、クラウスはついにオプション付きの【自動機能《オートモード》】をお披露目する。ティエラに監視されていたことが判明した今――隠す意味はほとんどない。

……だから！

「――【自動機能《オートモード》】起動ッ！」

「「「な!?」」」

ブゥン……！

※　※

経済重視《○　ON　／●　OFF》

時間重視《○　ON　／●　OFF》↑　ピコンッ！

※　※

初めて人前でお披露目する【自動機能《オートモード》】にサラザールをはじめ職員は目をむいた。なぜなら、ユニークスキルは切り札にして、極秘情報！

そ、それを──。

「さぁ、見せてやる！【自動機能《オートモード》】の拡張機能!!……オプションスイッチ──！」

──オ～～～～～～ン!!

※　※

《移動先：赤く錆びた街道》▼オプション：時間重視
⇓移動にかかる時間「01：14：53」使用金額：金貨5枚、銀貨28枚、銅貨10枚

※　※

（1時間ちょっと！　はは、やっぱり【自動機能《オートモード》】はイカレてるぜ！）

スキル由来の魔力を帯びたクラウスに驚き、言葉を失っているサラザールたちを尻目に、ポンッ。といつものように軽く頭に手を添える。相手はもちろん──。

「……すぐ戻るからな、リズ」

「え？　お兄ちゃん……？　う、うん？　……え？　待っ」

目を丸くしたリズの頭の感触を名残惜し気に感じながらも、次の瞬間――その優しさが尾を引き光の軌跡となるかのように、スゥ……と、流れて、手はそのままステータス画面に触れる！

――刹那！

「ティエラ――……3時間もいらねぇよ!!」

「は？　アンタ何言って――」

眉間にしわを寄せたティエラにむかって、ニィと口角を吊り上げる。

「お、おい、まさか……クラウスお前」

いつもいつもクラウスに振り回されるメリムであるが、さすがにそこその付き合いだ。クラウスが何をしようとしているか察して顔を青くする。

だって、このパターン、メリムは知っている！　だって、だって、だって――中級試験の時に嫌というほど――!!

「へへ、いい加減慣れろよ――メリム」

――そんじゃ、ま…………行くぜッ！

「ちょまッ！　よ、よせよ！　止めろ！　む、無茶するなよ、クラウス！　……クラウス――」

クラウス、

クラウス、

「――――発動ッッ！」

クラウスゥゥゥゥゥゥぅぅうううううううう――――！

メリムの悲痛な叫びを最後にクラウスの意識は闇に落ちていく。それは、【自動機能《オートモード》】発動の合図。

次の瞬間、クラウスの意識はふっと落ちる。……そして、刹那の時を経て、目を開いた時、そこはもう違う光景――。

その日、その瞬間。

……クラウス・ノルドールとその一行が、伝説級の速度で現地に到着したのは、ギルドの極秘情報になったとかなんとか……。

そうして、クラウスとそのメンバーは『空を覆う影の谷』を包囲している防衛線に到着したのだった――。

第1話「最前線」

ガラガラガラガラ！

『自動移動』の『時間重視』モードから、一転して馬車に乗り換えたクラウス一行。

「うぉえええぇ」

その馬車の中では、吐きそうな顔で車内に突っ伏すメリム。さすがのティエラも目を回していた。

現在は、前線へ向かう車中だ。『自動移動』はどうしたのかって？　そりゃーさすがに、クラウスでも初めての場所への移動はできないので、その手前──『赤く錆《さ》びた街道』という、かつて訪れたことのある狩場を目的地として『自動移動』をしたまでだ。それでもかなりの時間を短縮できたのは間違いないが、パーティメンバーがこの調子。

「しっかりしろよ、さっきからゲーゲーゲーうっせぇぞ」

『自動移動』でクラウスが行ける限界は『赤く錆びた街道』まで──そこは、以前シャーロットと再会した場所だった。

……中級試験後の遠征の時の思い出だ。それも、もう随分昔な気がする。

「おえぇ……。ああああーアンタねぇ！　……うぇお、だめ！　もう二度と、怪鳥《ガルダ》には乗れないわよぉぉお」「僕も二度と乗らない……」

ティエラまでもが青い顔だ。

「おいおい、大げさな――」

「はぁぁ?! どこが大げさよ！ だいたいアンタってば、怪鳥《ガルダ》を操れたの?!」

しかし、憤懣《ふんまん》やるかたないといった様子で、口元を拭うティエラ。今は所かまわず、前線へ向かう道すがら地団太を踏んでいた。……っていうか、

「……怪鳥《ガルダ》？ 何の話だ？」

「はぁぁぁあ?! 覚えてないの！」

「お、おう……【自動機能《オートモード》】中は、記憶がな……ないんだよ」

「くっ……！」「そうだった……。こいつはこういう奴《やつ》だったぜ」

知ってたけど――という顔でうなだれるティエラとメリム。

「う、うーむ？」

……どうにも、多少回復した後で、二人から聞いた話によると、クラウスさんたらギルド経費を目一杯使って、怪鳥空輸《コンコルディア》の便をチャーターして、さらに高空から無茶な軌道でこの場所まで最短で来たのだとかなんとか……。

…………うん、ごめん、なにひとつ覚えてない。

「く！ ……に、二度とやんないでよ……！」「そーだそーだ！」

「わ、悪かったよ……。で、でも、とにかく、これでだいぶ時間を短縮できただろ？」

「バカ――――――！ 腰抜けちゃってプラマイゼロよぉ！」

知らんがな、ええから立ち直れや、案内人《ティエラ》。

「く……！　どうなってんのよ、コイツぅ！」

ティエラもいつぞやのクラウスの高速移動を知っていただけにまだマシだが、初見なら死んでいた自信しかない。

「わ、割と、いつものことだぜぇ」

げっそりとしたメリムは、ふらふらしながらクラウスの肩に手を置いて「へっ」と、ドヤ顔でティエラに返すのだった。……なんだよ、いつものことって!!


ぎゃーぎゃーぎゃー！


結局、前線に向かうまで終始やかましいクラウス一行なのであった。

そして……とにもかくにも、紆余曲折《うよきょくせつ》（？）ありつつも、なんとか前線に到着したクラウスたちは、今、ようやくここ——フィールドオーバーの最前線、『空を覆う影の谷』の手前に陣取られたギルド連合軍の中にいたのだった。

「ほー……まるで戦争だな」

「似たようなもんだろ？」

物見遊山か御上《おのぼ》りさんのようにキョロキョロしているクラウス達。目の前は無数の天幕が立ち並ぶ一大拠点。さらにその拠点の中を、様々な武装の強者《つわもの》たちが忙し気に走り回っている。

どうやら、この天幕を準備した近隣のギルドや衛兵隊の大部隊が、非常線を張っているらしい。

それくらいにフィールドオーバーは危険視されているのだろう。目的地の『空を覆う影の谷』に近づくにつれて、物々しい雰囲気が漂い始めていた。

「ったく。キョロキョロしないの。こっちよ」

田舎者丸出しのクラウス達を呆《あき》れた目で見るティエラ。

彼女は慣れた足取りで、目当ての天幕を見つけるとさっさと一人で入ってしまう。その中からはティエラのものとギルドの職員らしき人の声がくぐもって聞こえてくる。

どうやら、辺境の町のギルドの職員が出張ってきているらしい。見覚えのある職員がチラッと天幕の中に見えた。

追って入っていいものかどうかメリムと顔を見合わせているうちにティエラがバサリと入り口の幕をはね上げて出てくると、

「すぐに出発するわよ。準備はいい？」

「え？　お、おう」「だ、大丈夫だぜ」

準備と言われても、装備は辺境の町を出る時に、ギルドから支給されてたっぷりと仕込んである。

借り物の高級装備に、回復薬多数。……ミスリル製のナイフなんて初めて使うぜ。

「そうみたいね。……それにしても、ほんと想定よりも早く到着しちゃったから、段取りが狂ったわねー。でも、二度とやらないからね、あんなんじゃ命がいくらあっても足りやしないわ――っと、ほら、ついてきなさい」

無数の天幕が並ぶ中所在なさげに立ち尽くすクラウス達を尻目に、ブツブツ言いつつも、てきぱきと現地のギルド職員と連携し、狩場に向かうアシ《馬車》を確保したティエラ。

その先には、不気味にそびえたつ巨大な山脈状のフィールドが広がっていた。

……ゴクリ。

「あれが『空を覆う影の谷』……」

クラウスが御者台越しに前方を見ると、なんとなくだが見覚えがある景色が見えた。

──あそこにゲイン達が……。

ゲイン達『特別な絆《スペシャルフォース》』の面々の面影が一瞬脳裏をよぎり──同時に、シャーロットの面影が流れては……消えた。

(──アイツ、大丈夫かな?)

……猫のように懐いていた少女を思い出すクラウス。……最後に見た光景は、確かゲイルに引っ張られて撤退していった姿だったか?

あれが最後というのはなかなか後味が悪い。実際、シャーロットも滅茶苦茶嫌がっていたような気がする……。

「とにかく、無事でいろよ……。シャーロット」

そうシャーロットの無事を祈るクラウス。まだシャーロットには何の借りも返していないのだ。

そう、クラウスの一番大事な人を守ってくれた恩を──。

第2話「経験値養殖場」

――少し前のこと。

『空を覆う影の谷』の最奥――旧アークワイバーンの巣にて……。

「くくく……！　見ろ！　思った通りだ！　クヒャハハハハハ!!」

生臭い臭いの立ち込める巨大な巣穴。そこには無数の死骸と、割れた巨大な卵の残骸が転がっていた。

……本来なら、アークワイバーンが居座っているはずのボスの空間には、なんと巨大な巣が形成されていたのだ。

そんな中で、狂気じみた笑い声を上げるのはゲイン・カッシュその人――言わずと知れた、先のアークワイバーン事件の首謀者で、現在絶賛、今をときめく指名手配中の容疑者でもある。

しかし、世の中の動きなど露とも知らぬゲイン達はといえば……。

「おーい、ゲインあったぞ!!」

「こっちにも！　――――もう、孵化《ふか》が始まってるわ！」

『キシャアァァアアアアア!!』

巨大な巣穴に響き渡る『特別な絆《スペシャルフォース》』の面々の声。

もちろん、チェイル・カーマインやグレン・ボグホーズといった幹部連中のもので、その声が響き渡るや否や、獲物の気配を感じた卵が急速に孵化して、中から小さな化け物が飛び出してくる。

飛び出してきたのは、特徴的な双頭に、黒い体表——もちろん、件《くだん》のアークワイバーンの幼体だった。

小型のドラゴンのようなそれにひるむことなく、軽く屠《ほふ》っていくゲインの仲間達。

「はは！　こりゃ、いいぜ！」

「えぇ！　美味《おい》しい獲物ね。あのアークワイバーンも、幼体なら可愛《かわい》いもの、よッと！」

まるでモグラたたきのように行われるそれ。

グレンのユニークスキル、『原子変換《アトミックチェンジ》』、そしてチェイルの『天候操作《オテンキねえさん》』が巣穴の中に紫電を迸《ほとばし》らせ、炸裂《さくれつ》する。

そのたびに、赤子の手を捻《ひね》るようにしてアークワイバーンの幼体が潰されていく、一種地獄のような空間だ。

「はは！　最初からこっちを制圧すればよかったな。はははは！」

「同ッ感！　あはははは！」

二人の笑い声を受けて、ゲインも自らの手で2匹のアークワイバーンの幼体をぶら下げ、高笑いしながらその2匹を目の前でぶつけて潰す。

そして——ボチュ!!　という音を聞きながら顔じゅうを幼体の血で染めて陰惨に笑うのだった。


あーははははははははは！

「どうだ！　俺の言った通りだろうが！　ははは、経験値の山だぞ！　あーははははは――。よーし、お前ら、幼体を全部集めろ！　これは俺たちの経験値だ！」

「「「了解!!」」」

……何をしているのかって？

そんなの、現在絶賛レベリング中に決まっている。

レベルアップの高揚感に、狂ったように笑う『特別な絆《スペシャルフォース》』の面々は、あろうことか懲りずに、アークワイバーンの元巣に入り込んで、幼体を狩りに狩りまくっていたのだ。

その手伝いは、僅《わず》かに残ったゲインの手勢――『赤い腕』のレイン率いる高レベル冒険者である。彼らは抜刀して巣穴に入り込むと、孵化して間もないアークワイバーンの幼体を次々に捕らえ、ゲインやグレン、チェイルのもとに差し出していく。

「逃がすな！　まずは孵化済みの個体を優先して捕らえろ！」

「卵はあとでいい、急げ！」

わーわーわー
わーわーわー
レインの指揮のもときびきびと動く傭兵《ようへい》と高レベルの冒険者達。手練《てだれ》らしく、無駄の少ない動きで、次々に幼体を捕らえていく。

『『ミギャァァアアアア！』』『『ギシャッァァアアアア！』』

アークワイバーンの幼体も必死で抵抗するが、大型犬ほどしかない彼らが高レベル冒険者にかなうはずもなく次々に捕らえられていく。

「よーし！　順調じゃないか!!」

『『『キシャァァアアアア！』』』

その数、数十匹――――。もちろん、ただの一匹もレインたちには渡さず、ユニークスキル保持者であるゲインたちが倒していくのだが……。

「うぇ～……。そんなのいらないよー」

ゲイン達3人のほかに、もう一人のユニークスキル保持者のシャーロットはといえば、ものすごく嫌そうな顔で、その乱痴気騒ぎに加わろうとはしなかった。

「は！　贅沢《ぜいたく》言うんじゃねぇよ！　良質の超上級の魔物だぜ？」

「そうよ！　成体ほどじゃないけど、魔石も大粒――――……レベルも上がってきちゃうんじゃないー い？　あははは」

ぎゃはははははははは！

あはははははははは！

楽し気に笑うと、ゲイン達は全く意に介さず、次々にアークワイバーンの幼体を仕留めていく。

そして、魔石を取り出すために引き裂く。

『『『ギャァァアアアア!!』』』

そうして、巣穴にいたアークワイバーンの幼体の大半を殺戮《さつりく》し、その死体の山を積み上げると高笑い！　最後の一匹を縊《くび》り殺《ころ》すと、その血を浴びながら、死体を高々と掲げて雄たけびを上げるゲイン！

「――あああああああああああああああああああああ!!」

ボタボタボタ……。

ベチャァァァアア!!

生臭い内臓を顔中に浴びながら吠《ほ》えるゲインであったが……。

「足りない……」

(足りない……)

ああああああああ……。

「全然、足りんッ…………!! こんなカスみたいな経験値では全然足りねぇぇぇぇぇんだよぉぉおおおおお!!」

まるで、ゴミを捨てるように、縊り殺した幼体を投げ捨てると、血まみれのままの手で顔を覆う。

ヌトォォ……。

鮮血と内臓にまみれた顔を滴る……欲望。……そう。経験値を欲するゲインの欲望はとどまることを知らないッ！

「はぁ、はぁ、はぁ……。くっ、やはりアークワイバーンとはいえ、幼体。所詮《しょせん》、カスみたいな経験値しか入らんか！」

所詮は幼体。所詮、カスはカス!!

いくらアークワイバーンとはいえ、幼体は幼体だ。成体のそれに比べれば、雲泥の差がある!!

つまり……。

「ぐぅぉぉぉおおおおおおおおおおおおおおおお!!」

畜生ぅぅう!!

「畜生、畜生、畜生ぉぉぉおおおおおお！」

バリバリバリ!!

「お、おい、ゲイン」「よ、よしなさいよ!!」

顔を血だらけにして、頭を掻《か》きむしるゲインをなだめるグレンたちであったが、狂気のにじむ姿に一歩が踏み出せない。

なにより、

「——許せねぇ……」

許せねぇ……！　許せねぇぞぉぉお！

怒りのままに叫ぶゲインを止めることができるものはここにはいなかった。

そして、ゲインの苦悩の正体は、あの日、あの時、あの瞬間——喝采を浴びていたクラウスの姿……。その姿が脳裏に浮かんでは消えていく。

「ぐがぁぁぁぁあっぁぁぁああああ！」

なんで、なんで、なんでアイツなんだ?!


わーわーわー!!

クラウス!!　クラウス!!


「「「——クラウス・ノルドール!!」」」

「クラウスぅぅぅぁぁぁあああああ──許せねぇぞ、ノルド────────ル！」

歓喜！　歓喜、歓喜ッ歓喜!!　歓喜の中にいたクラウス──！　その姿を雄たけびでかき消すように叫ぶゲイン。

その狂気ともいえる大音声が、ビリビリと空気を震わせると、さすがにドン引きするグレン達。

その絶叫はまるでドラゴンのそれのようだ。

それほど、それほどにクラウスに対するゲインの妄執は常軌を逸していた。いったい何が彼をこここまでさせるのか──憎しみを抱くほどクラウスと確執のないグレン達は、戸惑い、顔を見合わせる。

だが、そんな仲間の表情にも気付かないゲインの脳裏に浮かぶのは、彼が浴びるはずであった称賛をかっさらったあのカスの姿であった。

そうとも……せっかく苦労してゲインが育てた経験値の塊を、名声の根源を、ゲインのものを、奴《クラウス》がかっさらってしまったこと──!!

（……許せるものかよ……！）

「がぁぁっぁぁああああああああああああ！」

「は、ははは……。ま、まぁ落ち着けよゲイン」

「そ、そーよそーよ、まだまだ、卵はいっぱいあるんだし──」

そう言いつつも、二人は自分たちもまた大して経験値を得られず、レベルもさして上がっていないことに顔を引きつらせる。

「（な、なぁよぉ）」

「（なによ？・）」

引きつった笑顔のまま、顔を見合わせるグレンとチェイル。言わんとすることは一つ。

……正直、ついてきたのは間違いだったかもとすら思い始めたその時であった――。

「ゲイン様、こちらを！」

足早に近づいてきた赤髪の傭兵の女――「『赤い腕』のレイン」が片膝をついてゲインに報告する。なんでも、未発見であった新たな産卵場を見つけたという。

「な、なんだと？　どこだ――?!」

ゲインをして驚かせ、しばし怒りを鎮めると、黙って先案内に立つレインについて行く。そして、その視線の先には果たして――。


ゴォォォォオ……。


生臭い臭いが吹き抜ける風の音とともに広がったのは、未発見の広大な空間であった。

そこに――、

「ひゅ～♪」「す、すごい数」

グレンもチェイルも呆気《あっけ》にとられる規模の、巨大な洞穴。その奥にはなんと、元の産卵場を超えるほどの無数の卵が不気味に存在していた。

そのうちのいくつかは孵化に成功したのか、小さな双頭竜がヨタヨタとした足取りでその外をうろついている。

その数…………数百っ。

「ほ、ほほ～う、これはこれは……」

ニヤァァ。

真っ黒な洞穴の中を見て、負けず劣らず真っ黒な目と腹の内で凄惨な笑みを浮かべるゲイン。

一方、グレン達《餌》の気配を敏感に感じ取ったのか、次々に孵化を開始するアークワイバーンの幼体たち――パリンッ！　パリンッ!!


『『『ミギャアァアァアァア!!』』』


「うげ……！」「ひぃ」

さ、さすがにこの数は――。

あまりの規模に恐れおののくグレンとチェイル。それになんだろう……。嫌な予感がするとばかりに身震いする二人。

「な、なぁ、おかしくねぇか？　――この数があるってのに、巣穴の産卵場より卵が新しく見えるぞ」

「た、確かに……。それに、この穴――こんなの前からあったかしら？」

生々しい爪のような傷跡を残した洞窟の壁は、天然のものというよりも、無理矢理掘削《くっさく》した巣穴といったようにも見える。

「ふ、笑止。……何を恐れている。見ろ――どいつもこいつも、たかが幼体だぞ？　むしろ好都合じゃないか」

くくくく。

怯《おび》えるグレン達を尻目に含み笑いをするゲインは、ついにはこらえきれずに噴き出した。

「あーははははは！　おいおい、何を怯えているんだお前らはぁ。……まったく、そんなことでは選ばれし者としての自覚を疑うぞぉ。くくく、なぁ、お前らにはいったい何が見える？　……俺には、あれが経験値の山にしか見えんがなぁぁあ！　は――――っはっはっは！」

高笑いし、血糊《ちのり》を拭った剣を高々と構えたゲインを見て、顔を見合わせるグレンとチェイル。

その表情はどう見ても、「いやいや」「おいおい」……何言ってんのコイツ――と言わんばかりだ。もちろん、ゲインがそれに気付くはずもない。

そして、それはさっきから殺戮に加わらずつまらなそうに岩に腰かけ足をプラプラさせていたシャーロットも同じ。むしろ彼女は初めからゲインの経験値稼ぎになど興味なかった。

それよりも今は――。

「ねぇねぇ、ゲイン～……。これ、ちょっと、まずいかも？」

「あぁッ!?　……何がまずいってんだ！　お前は、さっきからサボってばかりで――――いいから、さっさと手を貸せぇぇえ！」

せっかくのいい気分を台無しにされ、神経を逆なでされたゲインが激昂《げきこう》する。

それでも、くいくいと服を引っ張るシャーロットの手をうっとうしそうに振り払うゲインであったが、もはや彼の目にはアークワイバーンの幼体が、無力な経験値の山にしか見えていないのだろう。

だが、シャーロットの言いたいことと、グレン達が感じた嫌な予感の本質はそこにはない。

すなわち——。

「え〜でもぉ……。いいいのぉ?? アイツ、滅茶苦茶、怒ってるよ?」

「あぁ?! いいいって、なにがだ?! 怒るだぁ? 怒っているのは俺——」

ん? ……アイツ?

「……シャーロット、お前、いったいなんの話、をし、て……?」


ズンッ、ズンッ、ズンッ……！


「な、なんの……音だ——?」

パラパラと天井から落ちる瓦礫《がれき》。そして、立ち込める獣臭——。

「だーかーらー。さっきから言ってるじゃん……。アイツ超怒ってるって」

は? ……アイツ?

「アイツってのはいったい——」

「んー！ アイツはアイツだよ——ほら、あれ」

何気なくシャーロットが指さす先を——チラリッ。

「は?」

言われるままにゲインが視線を投げた先——そこには果たして……。

『……ゴルルルルルルルルルルルルルル……！』

ふしゅー……。ふしゅー……。

「んな！」

なななな……。

――どん！　思わず後ずさりしたゲインは、硬直しているグレンとチェイルにぶつかる。そして、一塊になったところで、３人にまとめて降り注ぐ生暖かい息――。

『フー！　フー！　フー‼』

「ば、かな……」

「うそ、でしょ……」

思わず言葉を失ったグレンとチェイル。

その視線の先にあったのは、洞窟スレスレの体高を誇る黒いシルエットの持ち主――。

それ、すなわち……。

『――ギィィエェエエエエエエエエエエエエエエエエエエン‼』

「なんんだとぉぉぉぉぉぉぉおおおおおおおおお！」

そう。かの町で散々苦しめられた最強の敵がそこにッッッ‼

第3話「防衛戦」

その頃……。

――グルァァッァアアアアアアアアアアア！

「引くな！　一歩も引くな！」「攻撃用意ッッ！」

近隣各町からかき集められた冒険者と衛兵隊。

彼らは、王国正規軍が来るまでのつなぎとして、『空を覆う影の谷』からあふれ出す魔物の群れを食い止めるため激闘を繰り広げていた。

そして、そんな激闘を尻目に、その派手な戦いに加わらないようにして、静かに、そして素早く動く集団がいた。もちろん、ティエラを先頭としたクラウス一行である。

「お、おい、待てよ～！」

「は、はぇーぞ、追いつけねぇよー！」

ぎゃーぎゃー！

「うるっさいわね！　ついてこられなきゃ置いてくって言ったでしょ‼」

……ま、まぁ、静かには語弊があったかもしれないが、ともかく、少数の斥候班《スカウトチーム》となったクラウス達は、魔物を撃退する戦士たちの鬨《とき》の声《こえ》とその体をカモフラージュにしてフィールドの奥へと向かっていた。

「し、しかし、すげぇ戦いだな……」

「これがフィールドオーバーよ！　いい?!　よそ見してると迷子になるわよ！　迷ったら最後、魔物の餌になるだけだからね！　わかったら、死ぬ気でついてきなさいッ」

激しく争う冒険者と衛兵隊の戦いに目を奪われそうになったメリムにくぎを刺すティエラ。

一応クラウスとメリムもここに着くまでに『空を覆う影の谷』の地形は頭に叩《たた》き込《こ》んでいたが、それでも、初めての狩場だ。案内役のティエラを見失ったら一巻の終わりだという自覚はある。

「言われるまでもない！」「わ、わぁ〜ってるよ！」

「ふん、どうだか！　────はッ！」

しゃべりながらも、ティエラは自分に組み付こうとした巨大な蝙蝠《こうもり》の化け物を、スパァァァン！

と、一刀のもとに斬り伏せる。

『ギァァァア!!』

──ドォォン！

「す、すげぇ……！」

地面に落ちてジタバタともがいているのは、確か……ヒュージキラーバットだ。超音波で位置を掴《つか》み、遠距離からの攻撃をも掻《か》い潜《くぐ》り音もなく接近するハンター。確か、上級のモンスターのはず。

……それを造作もなく、斬り倒すティエラの実力は並の中級のそれではなさそうだ。

「おいおい……マジかよ。アイツ中級だろ？」

「だ、だよなー」

ひそひそと話すクラウス達の会話が聞こえたのか、ジロリと冷たく睨《にら》むティエラ。

「ふふん！　そんなの定　命《じょうみょう》のアンタらが決めたルールでしょ。……たかだか数百年前にできたようなポッと出の組織の規則にアタシらが縛られる謂《いわ》れはないわよ」

そう言いながら――ひゅん！　と血振りしたあとで短刀を鞘《さや》に収めると、クラウスに向かって瀕《ひん》死《し》の魔物を蹴りよこす。

「ほらッ」

「う、うわ！　な、なな、何すんだよ！」

「いいから！　……ボケっとしてないで、さっさと仕留める！　道中、こんな連中に構ってられないんだからね！　だいたい、フィールドオーバーの原因と目されているゲインの奴《やつ》がここにいるなら……絶対に奥よ、奥!!　だから、一気に突っ込んで、事態を収めるの――――」

とそこまで言った時、ティエラがガバッ！　と音がせんばかりに顔を持ち上げる！

「……くるッ!!」

そう一気に言うと、クラウス達にとどめを任せるとだけ残して、まるでつむじ風のようにティエラが魔物の群れに突っ込んで血祭りに上げていく。

「へ？」「は？」

まだ事態を把握できていないクラウス達を尻目に、鋭く叫ぶティエラが短剣を振るうたびに、地猪《グランドボア》に、灰色羆《キラーグリズリー》にといった、動物型モンスターがアッという間に蹴散らされ、進路が啓開されていく。

「しぃぃぃいいいい！」

駆け抜けるティエラの背後に沸き立つ血煙！

「は、はぇぇえ！」「つぇぇぇぇえ！」

呆気《あっけ》にとられるクラウス達であったが、ティエラはお構いなし！

「いいから、ついてこいっての！」

苛立たしそうに声を上げるティエラ。

だが、なるほど……。あれだけ大立ち回りをしているというのに、大半の魔物はフィールドの出口に向かっている。どうやら、目先のティエラよりも、フィールド出口に殺到しているようだ。

「お、おう！」「ひぇ！　おっかねぇ……！」

すぐ真横を魔物が地響きとともに駆け抜けていく様は見ていて気持ちの良いものではない。

「いいこと？　このフィールド――上級狩場『空を覆う影の谷』は、洞窟とそこを繋《つな》ぐ崖道で構成された特殊フィールドよ。見通しの良い崖道は駆け抜けていくのが鉄則。わかった？」

「「りょ、了解」」

走りながら解説するティエラの言う通り、洞窟と崖が連続するフィールドは、今まさにその洞窟部分の口を開けてクラウス達を待ち構えていた。

「そして、洞窟前には必ず門番型の魔物がいるわ――あんな風にね！」

解説通りに見えてきた、洞窟部分。その仄暗《ほのぐら》い洞窟の入り口にたむろするのは無数の大型の猿だった。

な、なるほど、あれが第一の障害か！

……猿型の知恵あるモンスター『人食い大猿《イーターエイプ》』の群れッッ！

「げぇ！　すげぇ数！　ありゃ、抜けらんねぇぞ！」

「や、やばいぞクラウス！　か、囲まれる！」

無数の群れはすでにクラウス達を視認している。そして残忍な笑みを浮かべて、手にしたこん棒と投擲《とうてき》用の石とを構えると、それらを――――。

「邪魔ぁぁあ！」

シャッシャ‼　と、空中に残像ができるほどの早業で苦無《くない》を投擲するティエラ！

まさに疾風迅雷のごとき早業で、猿どもに何もさせないうちに殲滅《せんめつ》していく！

つーか、早ッ！

し、しかも、まるで追尾装置《ホーミング機能》でもついているかの如《ごと》く、群れのモンスターに吸い込まれていくかと思いきや……命中した苦無が赤熱し、ボシュ！　と煙を吹いた！

「んな⁈　な、なんだあれ？」

「ま、まさか、あれって――」

たかが苦無くらいで倒せるのかと疑問に思う間もなく――――ボ、ボボボ、ボォォォオォオン！

と、着弾したそれらが次々に爆散し、群れていた猿どもをまとめて木っ端みじんにしてしまった。

……っ、つぇぇ。

「じゅ、呪符かよ」「しかも、爆裂呪符⁈」

それは、ギルド謹製のお高～～～い消耗品である。……中級冒険者にはちょっと手が出せない代物。

そして、哀れな猿どもは出オチ――――……。

「ほら、こんな入り口でもたもたしてられないわ！　奥に急ぐわよ！」

「お、おう」「だ、だな」

呆気にとられるほどの鮮やかな暗殺。的になった猿どもは、何が起こったのかすら気付いていないかもしれなかった。

そうして、ズンズンと上級フィールドを進んでいくクラウス一行。

道中の危険は、ティエラの優れた斥候スキルと、並外れた聴覚で回避し、最短ルートで奥へと進んでいく。途中途中で、奥から逃げて、その場で力尽きたらしい冒険者の遺骸や、魔石鉱山の頃から常駐していたであろう傭兵《ようへい》たちのボロボロになった屍《しかばね》が晒《さら》されているほかは異状はなさそうだ。

フィールドオーバーの原因とやらはやはり狩場の奥なのだろうか？

……そんなわけで、現在のところクラウスとメリムにはほとんどやることがなかった。

だって、ティエラが強過ぎるんだもん。いっそ、ティエラ単騎でこのまま奥まで行ってゲインを逮捕すれば、終わりじゃね？

「ふぅ……」

ひゅんっ！　と血ぶりした二刀を腰に収めるティエラは、その場でクルリと舞うようにして周辺警戒を済ませると、遠くの方でのみ、喧騒《けんそう》が聞こえているのを察知した。

どうやら、近隣の魔物の群れは殲滅したらしい。遠くの戦闘音は『狩場』を飛び出したモンスターと包囲している討伐隊とのものだろう。

「いいわ。ここは、これで終わりみたい――」

油断なく周囲を窺《うかが》うティエラであったが、彼女が言うなら間違いないだろう。っていうか、やっぱり――。

「な、なぁ――いっそ僕達いらないんじゃないのか？」

「言うな……。俺もちょっとそんな気がしてた」

コソコソ耳打ちするクラウスとメリム。もっとも、耳のいいティエラにはバッチリ筒抜け。

「ふん。馬鹿なこと言わないでよ。……アタシはあくまで案内兼護衛よ。ギルドでは、アンタたちこそ切り札って思われてるんだからね」

「き、切り札って言われてもなー」

「なー」

顔を見合わせる馬鹿二人。

……実際、ついて行って何をせいっちゅうねん。そもそも調査やろがい。

「『って誰が馬鹿やねんッ』」

「……そんなことより先を急ぐわよ。洞窟内では戦闘は避けられない場面も多く生起するけど、群れで圧殺されるようなことはないはず」

はい流されましたー。

……しかし、

「うへー。ま、まだ敵が出るのかよー。あんな数、俺たちには無理だぞ」

「右に同じー」

「……よく言うわよ。アンタら――特にクラウスなら、大群相手も問題ないでしょ」

「はぁ？」

む、無茶言うなよ！

「初めての狩場は鬼門なんだよ」

「そーそー。クラウスは初見には役立たずだもんなー」

うるせぇ！　スキルの性質上しゃーないやんけ！

言うだけ言ってメリムをゴツンっ！　涙目で睨む彼女を放置し、ティエラに詰め寄るも彼女は彼女で頓着しない。

「厄災の芽を倒しておいて何言ってんだか――」

「だーかーらー！　監視してたんなら知ってるだろうが！　最低でも、一度は戦闘しないと『自動戦闘』が発動しないんだよ！」

「ふふん、安心なさい。戦闘の機会なんていくらでもあるわ。それにね、内部に入った以上、目的地はそう遠くないから」

そう言って、ギルド発行の地図を懐から出す。

チッパイなので、懐にはひっかかりがなくてスル～リ――ゴンッ！　ゴンッ！

「いっだ！」「あだぁ！」

な、なんでぇ⁈　つーか、今メリムも殴ったぁぁあ⁉

「ジロジロ見てんじゃないわよ！」「最低だぞ、クラウス！」

いや、み、見て……たけど、殴らんでも⁈

「まったく、ほら――行くわよ」

「おう！」

「お、おう……」

え、ええー……。

元気なメリムはいつものことだけど、なんていうか、気が付いたらティエラに主導権を握られてしまってるんですけどぉ。

第4話「空を覆う影の谷」

タタタタタタッ！

結局、ティエラに言われるままに、薄暗い洞窟の中を駆けていくクラウス達。

幸いにも、大して敵との遭遇はなかった。

……おそらく、群れの大半はフィールドオーバーで、外に出たらしい。おかげで中に残っているのはそんな最中にもかかわらず、ここに根を張った肝の据わった魔物ばかりであった。

まぁ、それはそれで、普段なら中ボスクラスの魔物のはず――。

「しぃッッ！」

――ぞん！　と、通路の陰に潜んでいたアニマルゾンビの気配を敏感に感じ取り、奇襲の隙も与えず首を掻《か》き切るティエラ。

「うっそだろ……。今のって中ボス級じゃ……」が。

「……つ、つぇー」

しかし、それらすら全く障害にならないほどの快進撃。なんとまぁ、中ボス級の魔物が何もすることなく、物言わぬ躯《からだ》になるほどだ。

さすがは辺境の町のエージェント冒険者。

……そのあまりの腕前に、思わず拍手しそうになるクラウス達。奇襲に限って言えば、今のところティエラはほぼ無双状態だ。……なにより、誰も彼も容赦なく、出会いがしらに次々と一刀のもとに屠《ほふ》っていくのだ。モンスターからすれば非道も非道といったところか。

「ほら、口動かさないで、足を動かす!!」

「お、おう！」「はいぃぃぃい！」

震えるクラウス達を尻目に、ティエラは足を止めることなく、次なるモンスターの集団に襲い掛かる。もはやどっちが魔物なんだか――と思う間もなく、洞窟内の広場にたむろしていたアンデッド軍団を真正面から奇襲するティエラ！

「って……！　お、おい。ティエラ――」

――ま、まずい！

アンデッドは不死の魔物。ティエラのような物理攻撃主体の戦士との相性は悪いはず――。

「シャッ……!!」

だが、全く意に介することなく突進を選んだティエラは、体のあちこちに隠しているらしい暗器のひとつ――聖なる符呪を施した手裏剣で次々に滅していく。

ボッロォォ……！

――なっ！

「お、おぉ……すげぇ！」

「聖属性武器か！」

輝くほどに強力な神聖力を込められた手裏剣が、次々にアンデッドを貫通し、数匹まとめて滅していく。

すると、あれほど大群を誇っていたアンデッド軍団が声なき声を上げて、無抵抗のまま神聖なオーラに触れて崩れていくではないか。

――だが、それでも少々数が多かったらしい！


　ぐるぁぁぁあああ！


　ガキンッ！

「くッ……。こ、こいつぅ!!」

　滅しきれなかったアンデッドがティエラに反撃。白い牙がガチガチと音を鳴らしてティエラに食いつかんとする。それを、剣をクロスしてなんとか防ぐティエラであったが、アンデッドの汚く毒にまみれた牙が容赦なく迫る！

　ウギギギギギギギギギ……。

「く！　くそっ……た、体勢が悪過ぎるっ」

　ミシミシとティエラの小柄な体がきしむ音。どうやら、不利な姿勢で受け止めたせいか、このままでは押し切られかねない状態にッ！　絶体絶命のピンチ――。

　そこに、

「おりゃぁぁあ！」「うりゃぁ！」

　ズバンッ！　ボコンッ！

　ついにクラウスとメリムがコンビを組んで、フルボッコ！　アンデッドが動けないことをいいことに、もうボッコボコ！

そうして、なんとか強襲し仕留める。

……トドメに首を切り落としてようやく動かなくなったのを見て一息――。アンデッドとはいえ、首を落とせばもう動かない。

「お、おぉぉ倒せた！」「……ひぇぇ、堅いし、きっついぜぇ」

グィッと、頬まで垂れる汗をぬぐうと、メリムが背をそらしながらティエラに言う。

相変わらずの物理攻撃のメリムちゃん。ギルドで借りた杖《つえ》で一撃したものの、結構な衝撃があったようでお手てをプラプラして痺《しび》れを取っている。

しかし、やはり格上相手はキツイ。クラウスもメリムも一体仕留めるだけで汗だくだ。

「ふぅ、助かったわアンタたち」

「いーえー。どういたしましてぇ」

投げやりなクラウスの言葉に苦笑するティエラ。……まったく、あんな強敵を瞬殺しているんだから、このダークエルフ、絶対に中級なんかじゃない。

「こ、こんなのいつまで続くんだよ？」

どさりと腰を落としたメリムがうんざり顔。クラウスも同感だ。

「俺だって知らんわい。ボスを倒すまでじゃねーの？」

はぁ、ちかれた。

「ボスってあれか？　この前のアークワイバーンじゃねぇの？　ミカってのがそう言ってたじゃん」

ふむ。確かに、通常のフィールドなら、そこのボス倒したら正常化するはず。

……そこんとこどうなってるんだろ？

「チッチッチ、甘いわよ。……確かにアンタらの言う通り、普通はそう思うわよね。――だけど、残念ながら、そんな簡単な話じゃないわ」

「「へ？」」

ドヤ顔で指を振るティエラは水筒を傾け一口飲むと、「ぷはぁ！」と豪快に一息。そのまま、クラウスにも水筒を投げ渡しながら続けた。

「――フィールド内は常に弱肉強食の世界よ？　クラウスも見たでしょ？　墓所で強化されたアンデッドの姿を」

「ぐびぐび――へ？　あ、あぁ……懐かしい話だな」

水筒の口を開けるクラウスは、不意をつかれたのか間抜けに回答。

……あー、そういやいたなぁ……と、メリムにも水筒をくれてやりながら思い返すクラウス。

「え～っと、確か『蠱毒化《こどくか》グール』に――『デモンズグール』だったか？　……だけど、それがどうしたんだ⁇」

懐かしむほど昔ではないと言えばそうだけど、随分前の気がしなくもない。……そういえばミカとの因縁もあそこからか。

「察しなさいよ、まったく。……つまり、ああしてね。狩場では一個体が実力をつけて、そこのボスを倒す例は決して珍しくはないのよ。一見すると、ボスが倒されるんだから、フィールドは正常化されると思うじゃない？　だけど、そうはならないのよ……。モンスターがボスを倒した場合、ただボスの首がすげ替わるだけなの」

「え、ええ⁈　ゲホヘボ！」

メリムが咳《せ》き込《こ》み、クラウスに飛ぶ水滴――。

「うわ！　汚いぞ、メリム！」「わ、わりぃわりぃ」

ったく……。つーか、初耳だぞ、そんなの。

しかし、ティエラ曰《いわ》く、ダンジョンやフィールドでは下剋上《げこくじょう》は日常茶飯事。モンスター同士で仲良しこよしをするはずもなく、常に奴《やつ》らは弱肉強食の世界に生きているんだとか。

「ま、古いダンジョンだとよくあるわよ？　見たこともない強化されたモンスターがボスとして君臨していることって」

「え？　じゃ、じゃあ……」

もしかして……。

今回も、外から来た冒険者がボスを倒さない限り、ダンジョンやフィールドが正常化されることは………ない⁇

「そうよ。……おそらく、アークワイバーンとしてここを巣立った個体がいる以上――『空を覆う影の谷』では、すでにボスが別の奴にかわったんじゃないかしらね」

「うげぇ……！　じゃー……今のここのボスって、ギルドで聞いた、アークワイバーンじゃないのかよ⁈」

事前情報と違うぞと言わんばかりのメリム。

「だから、調査に来てるんでしょ！　一応、倒せるなら倒すつもりで言ってるんだからね、こっちは！」

フィールドオーバーを解消するには、現ボスを倒して、そのフィールドを正常化するのが一番手っ取り早い方法だ。

だけど、

「お、おいおい、俺たちにそんなの期待しないでくれよ？」「そ、そーそー。中級だぜー」

そうそう、その通り！

偉そうに言うことでもないが、クラウスさんは中級だよ！　チューキュー！

フィールドオーバーの原因だとか、ゲインの逮捕だとか、アークワイバーンの繁殖の形跡の調査に行くのならともかく、なー！　ただでさえクラスが違うというのに、そのうえで上級のフィールドを正常化なんて無理！　……絶対無理!!　断言しちゃうわい！

だいたい、ティエラだって中級だろうに――。

……まぁ、コイツの真の実力ならアークワイバーン程度なら瞬殺してしまいそうだが、クラウスとメリムはそうはいかない。……っていうか、なんでコイツ中級なんだ？　実力だけでいえば、エセ上級パーティだったゲインなんかの実力をはるかに凌《しの》ぐと思うぞ？

その疑問を感じ取ったのか、ティエラが呆《あき》れ顔。

「あのねぇー、こう見えてギルド歴は長いのよ？　そもそもね、私はギルドなんてなかった頃から森の外で活動してるんだから――……っと、来たわね」

言うだけ言うと、何を思ったか壁に向かって走り出し――タタタタタタッ！　……ぴたっと張り付くティエラ。

「な、なんだ？」「どうしたんだよ？　壁にイイもんでも――」

「そこにいなさいッ！」

なんとなく追従しようとしたクラウス達をビシィと手で制すティエラ。

ついでに、遊んでんじゃないわよ！　とばかりに一睨《ひとにら》みし、クラウス達をその場に留めると、自身は軽く息を吐いてから――スス―……と、壁に手と耳を当て振動と音を探りつつ、その精度を上げていく……。

こーん―……こーん……。

僅《わず》かに伝わる振動と息遣い。

まるで海洋生物のごとく、物体を通して伝わる音を敏感に拾うティエラ。

「ん……。接近する音を多数確認――」

目を閉じたまま念仏のように、捉えた対象を読み上げるティエラ。

「た、多数って――」

おいおい、マジかよ……！　っていうか、すげぇなティエラ！　こ、この距離でその精度か？

「さ、さすが本職……。僕、まだ何も聞こえないや」

それは、手から伝わる微細な振動に、耳に伝わる壁越しの息遣いだったり――。

「これくらい序の口よ」

そう言うが早いか、更にダメ押しとばかりに――キィイン……！　と、ティエラを中心にスキルが発動した。

こ、これは……。『気配探知』の上位スキル?!

「お、おい。ティエラ――」

「静かに！　…………これは足音？　冒険者級のものが複数。1、2……先頭に2～3人。……そして、その奥にはさらに……た、大群――――ッッ?!」

直後、ガバリと顔を上げるティエラは、クラウス達を守るようにシャリーン！　と、鞘《さや》引く音と共に武器を抜くと、

「……来るわッ！　二人とも戦闘用意っ」

号令一下、顔の前で剣を交差させてコンパクトに構えた。

「は？」「え？」

「馬鹿！　ボーっとしないのッ」

「い、いやそんなこと言われたって……！」「そ、そうだぜ！　僕もなにがなんだか――」

「いいからッ」

ぼやっとしているクラウス達を尻目に舌打ちをしたティエラが一気に踏み込む。

「――先手必勝！　……さぁ、一気に叩《たた》くわよッ」

「へ？」「ちょ?!」

戸惑うクラウス達に構うことなく、息を短くすっと吐くと、そのまま間髪容れずに、通路から飛び出し一気に肉迫するティエラッッ。

「「……は、早ッ！」」

まるで、黒稲妻だ！

そして、電撃的に奇襲したティエラが、先頭を走る集団に組み付くと、一挙に短剣を振り下ろす！

「貰《もら》ったぁッ」

——死ねぇぇええええ!!

「うぉぉおお?!」「きゃあああああ?!」

——ヒュンッ!

「……な?!」

きらめく白刃と悲鳴が重なる。

刹那、違和感に気付いたティエラが目を見開き、体を硬直させると、軌道をそらした二刀が空中で迷いながら、人影の首を刎《は》ね飛《と》ばす直前でピタリと止まる!

「…………あっぶなッ!　——に、人間?!」

まさか、こんなところに?!

……果たして通路から飛び出してきたのは、モンスターではなかった!

だけど、こんな場所にいったいだれが?　そして、こいつらはいったい…………。なんか、どこかで見たような連中だけど——?

って、

「あ」

「「あ」」

あああああああああああああああああッ——!

「お、お前ら……」「あー！　こ、こいつらって――！」

クラウスとメリムが素っ頓狂な声を上げる。だってそうだろ？　だってこいつら――。

「グ、グレン⁉」

そして、

「チェイルって奴じゃんかぁぁぁ！」

第5話「因縁」

クラウスとメリムが正体を見極めたのは、因縁の二人であった。

「やっぱり、グレンにチェイルか⁉」

突然の不期遭遇。腰を抜かした状態で間抜けにクラウスを見上げているのは、『特別な絆《スペシャルフォース》』の幹部二人であった。

「お、お前………クラウスか⁈」

「……は、はぁぁぁあ⁈　な、ななん、なーんでアンタがここに⁈」

おーおーおーおー。

よ～うやく声を上げたと思ったら、お前&アンタ呼ばわりかよ。

「つーか、『なんだ』とはご挨拶だな、せ～～～～っかく探しに来てやったってのになー」ニチャア。

くっくっく。ここで会ったが百年目――！

驚愕《きょうがく》から一転して悪い顔でニヤリと口角を上げるクラウス。

だってそうだろ？　サラザールに言い含められてここに来たのはこいつらを探すためでもあったのだ！　つまり、目的達成――やったね、万歳。

「は、はぁ！　テ、テメェに探されるいわれはねぇよ」

「そーよそーよ！　誰も頼んでないわよ！」

いや、どの口で言うとんねん。お前ら犯罪者みたいなもんやからね？　『辺境の町』を無茶苦茶にした一味だからね？

…………………つーか、お前ら二人だけってことは――ははーん！

「読めたぜお前ら」

ニヤリ。

「な、なんだよ！　何が読めたってんだよ！」

「そーよ、アンタさっきから生意気よ！　誰に口利いてんのかわかってんの?!」

まぁ～随分なご態度なことで。しかし、その口いつまで叩《たた》けるかなぁ？

ふふふ～ん。

……い～っつもゲインに金魚のフンみたいにくっ付いていたコイツらがペアでいるってことは

――――……。

「――お前ら脱走したな」

「な！」「ぎく」

おう、大正解《ビンゴ》！

あからさまに目をそらすグレン達。わかりやすいなコイツら――。

だが、

「く！　……この、雑魚クラウスがあぁ」

「だったらどうだっていうのよ！　――ここでアンタを潰せばそれでノーカンよ！」

――んなッ?!

驚くクラウスの鼻先を、バチバチッ！　とグレンのスキルの発光が掠《かす》めていく。まさに、一撃でクラウスを仕留めんばかりに、初撃からユニークスキルだ！

「あ、あっぶねー……！」

おいおい、いきなりかよ⁉　戦意高過ぎなーい⁉

「お、お前ぇッ⁉　い、いきなりなにすんだよ‼」

指摘された瞬間とはいえ、まさかいきなり撃つか⁉

しかし、激高したグレン達はお構いなしだ。

元々良好な関係でないうえ、脱走中ともなれば、障害となりうるクラウスを早期に排除しようとするのは正しい——だが、それは間違いだ。

「へ！　決まってんだろッ」

「——邪魔するなら排除するまでよ！」

そして、今度はチェイルまで加わった連携攻撃だ！　言うが早いか二人は、迷うことなくスキルを発動。

刹那、ひやりっ……と、空気が凍るほどの極低温がクラウスの肌を刺す。

（ま、まずい……！）

その殺気とも、攻撃ともつかぬものを至近距離で感じた瞬間、パリパリ！　と、空気に紫電が奔《はし》る！

こ、これは……！

「く……！」「げほっごほっ！　い、息が……」

やはり、極低温《絶対零度》！

周囲の温度を極端に低下させ、対象の肺を潰してしまうという悪魔のような魔法だ。至近距離でしか発動しないが、強力無比なスキルである。

「かはぁ……！」

ぐ、クソ……。肺が焼ける様だ。

クラウス同様激しく咳《せ》き込むティエラとメリム。

「あらぁ、よく躱《かわ》したわね――だけど次はないわよ！　まとめて死になさいッ！」

クルクルと乗馬鞭《むち》を操るチェイル。すると、もくもくと頭上に小さな雲が発生し、クラウス達を睥睨《へいげい》する。

「く……！　まずいッ」

今度は、『天候操作《オテンキねえさん》』の範囲攻撃か?!

「ちッ！　こりゃ、捕虜にするのは無理ね」

慌てて武器を構えるティエラが、チェイルの乗馬鞭が勢いよく振りかぶられる前に、一気に踏み込まんとするッ！

……が！

「おっと――お前の相手は俺だ！」

「なッ！」

黒い霧のようなものがグレンから放たれる！　それは、原子を分解するグレンのユニークスキル【原子変換《アトミックチェンジ》】の一撃だ！

くそ、速度重視で防御力が二の次のティエラでは相性が悪いに違いないッ。

「ははは！　運が悪かったと諦めなぁ！――はぁぁぁあ、スキル『原子破壊《アトミックブレイク》』ッッ」

「そーよぉ、邪魔者は死ねぇッッ――スキル『荒天霹靂《こうてんへきれき》』ッッ！」

そして、一斉に放たれるユニークスキルと、グレン達の連携が見事に決まり、クラウス達が敗北する――――……。


……と、思われたのは一瞬のこと。ここでクラウスのカウンターが発動ッ！

「――させるか……！【自動機能《オートモード》】起動ッ」

ブゥン……！

クラウスは迷いのない眼《まなこ》で、グレン達の前に立ちふさがる。もはや、その瞳はかつて『特別な絆《スペシャルフォース》』にいた時のそれではない！

そう！　もはや、決意に満ち満ちたクラウスは、あの二人を相手取り一歩も引かない覚悟で立ち向かうのだ！

……しかし、

「は？」

「あらあら？」

その予想外の行動に、一瞬呆気《あっけ》に取られたのはグレンとチェイルであったが、次の瞬間、二人が弾《はじ》かれたように笑う！

な？


「ぷぷぷー！　お、お前マジかよー」

「あははは！　お家に帰るスキルで私達に敵《かな》うとでも――」

アーハハハハハハ！

哄笑《こうしょう》する二人。…………………だってそうだろ？　グレンもチェイルもクラウスの能力がただの雑魚スキルだと思っているのだから。

そう、ただのお家に帰るだけのスキル――――……え？　お家に帰るだけのスキル……だったよな？

しかし、その数秒後、グレンもチェイルも硬直する。

なぜなら、クラウスを中心に、突如――ブワッ！　と、迸《ほとばし》る強者の気配を感じ取ったのだ。それは、あの日あの時、アークワイバーンをして、恐怖させた気迫そのもの――。

「な！　バ、バカな！　俺たちが恐怖している、だと？　お、お前のスキルは――」

「じ、自動でお家に帰るだけの雑魚スキルだったはずじゃ――」

じりっ……と思わず後ずさるグレン達。

しかし、それに合わせてクラウスは一歩踏み込む。

「おいおい……。そりゃいつの話だ？」

お家に帰るだけのスキル？　…………ああ、そうさ。それがどうした？

……それが最高なんじゃないか。……いつだってリズの元に帰れるスキルの何が悪い。

「だいたいなぁ……」

――くわッ！

クラウスが目を見開き、真正面からグレン達を睨《にら》む！

そう。かつて、一度も勝てず、踏みつけられ、あざ笑われたあのクラウスが、上位者として潜在的に認めていたグレン・ボグホーズとチェイル・カーマインを真っ向から睨むのだ！

「いったい、いつの話をしてるんだよ！　――もう、３年も経《た》ってるんだぜ？」

そう、３年……！

３年もあればなぁぁぁあ……――誰だって成長するさぁぁぁあああああああああああ！

「……見せてやる‼」

進化した【自動機能《オートモード》】をなッッ！


――ぶうううん！

※　※　※

『拡張機能《オプション》：通常戦闘《○ON／OFF》
　高速戦闘《●ON／OFF》
　一撃離脱《●ON／OFF》
　制圧《●ON／OFF》』↑ ピコンッ！

※　※　※

それは宙空に浮かぶ、サブウィンドウ。

そして……そこに表示されたものは、アークワイバーン戦を経て進化したオプション機能ッ！

――つまり、これこそ『自動戦闘』に追加された新たな能力なのだ！

「よかったなぁー。俺の【自動機能《オートモード》】が進化しててよぉ」

「は？　な、生意気言ってんじゃねぇぇ！」

「そーよぉ！　何が進化よ、雑魚のクラウスぅ！」

それでも罵倒をやめないグレン達であったが、本能は正直らしい。……顔面は蒼白《そうはく》、無意識のうちに後ずさりし、クラウスから逃げようとする。

だが、遅い。もう――……遅い！

……さっき、クラウスを攻撃したのが運の尽き！

「さぁ、覚悟はいいか！　グレン！　チェイル！」

お前らを攻撃する条件はとっくに整っている！

だから――――。

「な⁈　てめぇぇ、雑魚スキルがぁぁあ！」

「偉そうに上から見てんじゃないわよ――――！」
バ、バ、バ、バカにしてぇぇ！
「舐《な》めるな、クラウスぅぅう！」「雑魚は死ぬまで雑魚なのよぉぉおお！」

自らの言葉に奮い立たされるようにして、グレン達が反撃のスキルを放とうとする。

……だいたいなぁぁあ！

「俺は「私は――お前のぉぉ、弱点をぉぉお、熟知しているぞぉぉぉおお！」」

バチバチバチッ！　迸る紫電ッ！

…………そうとも。グレン達とて、クラウスのことは知っている。……３年前とはいえ、知ぃ、知って、いぃ、いるのだ！

だから――――！

「「――お前のスキルは、一、度、経、験、し、た、ことしか踏襲できない、雑魚スキルだってことをな」」

言うや否や、連携すら忘れて激高したままクラウスに襲い掛かるグレン達！

二人の腕にスキルの光が宿ると――ついに最大出力でクラウスごと、パーティを吹っ飛ばさんとするッッッ。

だが‼

「…………ふっ。おめでたいやつらだぜ――」

それを鼻で笑い飛ばすクラウスは、次の瞬間――クワッ！　と目を見開くと宣言したッ！

「忘れたのか？　……グレンにチェイル――」

すぅぅ、

「――俺はぁぁぁああ！　お前たちにはなぁぁああ…………！　昔・に・散・々・しごかれてるんだよぉぉぉぉぉおおおおおお！」

だからぁぁぁぁあ、
今も昔も、当ッ然ッ、『戦闘』ができるんだよぉぉぉぉおおおお！

ぶぅぅぅん……！

※　※

《戦闘対象：グレン・ボグホーズ
チェイル・カーマイン》▼オプション：制圧
⇓戦闘にかかる時間――――――――――――「00：00：38」

※　※

は！
たったの38秒！　とんだ見掛け倒しだな、グレン！　そして、チェイル！
「お前たちが、雑魚で、いらないと切り捨てたスキルの真の力を、見せてやる！」
どっちが雑魚かぁぁ、思い知れッ！
行くぞッ、【自動機能《オートモード》】Lv4！
すぅぅ……。

「『自動戦闘』――発動ッ！」

文字通り、秒でケリをつけてやらぁっぁああああああああ！


――カッ！


刹那、『自動戦闘』が発動し、クラウスの意識が闇に落ちていく――――最後に見たのは、驚愕する二人の顔で、
せっかくなので、意識が落ちる瞬間、ビシィ！　と中指を立てて突き付ける。……雑魚のクラウスだって？　ははは……よく言うぜ、これからたったの38秒でやられる奴《やつ》らによぉぉぉおお――。

「雑魚と……馬鹿にされる筋合いはねぇよぉお！」

「馬鹿なぁぁあ?!」「雑魚のくせにぃぃ！」

――ク、ク、ク、クラウスぅぅうううううううううううう！

最後までクラウスを罵ることをやめないグレンとチェイルを見て、満足げに意識を手放すクラウス。

これは気絶にあらず。

これは敗北にあらず――そう、これは、これは……。

これは、勝利へのカウントダウン！

そして、フッ……と、まるでろうそくの火が消えるように、クラウスの意識は闇に落ちていき
……次に気が付いた時には、ガクンッ！　と力の抜ける感覚をもって目が覚める。

直後、

「……がはっ、ごほっ！」

おぇぇぇえええええ……!!

強烈な吐き気と内臓がグルングルンにぶん回される感触とともに、膝から崩れ落ちるクラウス。

こ、これは効くぜ……。

「はぁ、はぁ、はぁ………ぺっ」

やはり、短時間とはいえ『自動戦闘』の反動は相当なものだ──だが、それ以上に……！　そう、それ以上に──……!!

「──うぉぁっぁあああああああああ！　どうだぁぁぁあ！」

見たか！　見たか！

「見たか！　てめぇらぁぁぁあ！」

これが俺だ！

これがクラウス・ノルドールだ！

「これが俺のユニークスキルだぁっぁああああああ！」

──うぉぉおおおおおおお！

雄たけびを上げるクラウス。なぜなら、クラウスの足元には、身動きのできない二人の体があったのだ。

……もちろん、言うまでもなく、グレンとチェイルの二人である。

「ぐぅぅ……！　ば、ばかな」

「くっ。う、嘘《うそ》、でしょ――」

目線だけでクラウスを見上げるようにして睨むも、二人が完全敗北したのは明白だ。

そして、そして、そして……。

「…………見たか！　【自動機能《オートモード》】の力を！」

そして、勝利を宣言するクラウス！

「……勝った、勝った、勝った！」

勝ったぞぉぉぉおおおお！

あのグレンとチェイルに、俺は勝ったぞぉぉぉおおお！

小さく吠《ほ》えるクラウスを見て、

「す、すげぇぜクラウス……。本当に、単独《ソロ》で倒しちまったよ――」

「ど、どんな動きしてるのよアンタ……」

唖然《あぜん》とするのはグレン達だけでなく、事態を見守っていたメリム達も同様だった。

なにより、勝利した事実を目の当たりにするまでは、クラウス自身も信じられない思いだ。それはもちろん、横たわる二人にとってもだろう。

だから、だから、だから……。

「ば、ばかな……ばかなぁあ！」

「く、クラウスごときにぃい！」

……カハッ！

最後の最後に怨嗟《えんさ》の叫びを残して、ついにガクリと力を失ったグレン達。その瞬間――クラウス・ノルドールの決定的勝利が確定したのだった！

「――――いぃっぃおぉぉぉおっしゃぁぁぁあああああ！」

こぶしを突き上げ、勝利の雄たけび！

歓喜、歓喜、歓喜！

――おぉぉぉおおおおおおおおおおおおお！

こうして、過去のトラウマを一つ克服したクラウス。脳裏に過《よぎ》るのはかつて受けた『特別な絆《スペシャルフォース》』での酷《ひど》い扱いの日々……。

だけど――。それも、もう過ぎた過去のできごとになった。

……そう。だって、もう雑魚じゃない。……もうダメスキルでもないし、もう「いらない」なんて、言われる筋合いも…………ない！

どこにも、ないッ！

「うぉぉぁあああああああああああああああああああああああああああああああ！」

まるで、慈雨を受けるようにクラウスはいつまでもいつまでも両手を上げて喝采していたのだった――。

第6話「激戦の予感」

「さてっと……、情報源は確保できたわね」

パンパンと、手の埃《ほこり》を払うようにして、チェイルの拘束を終えたティエラが徐《おもむろ》に呟《つぶや》く。

「ん？　――情報源って…………あ。あぁ～そうか！」

クラウスはクラウスで、ギュリリリッ！　と、グレンをきつくきつく拘束しながら振り返って頷《うなず》いた。

……決して一瞬なんのことかわからなかったわけではない。

「『あ、あぁー』……って。アンタ、いま目的忘れてたでしょ」

「い、いや……！　そんなことはないぞ！」

慌てて取り繕うクラウスの様子を呆《あき》れた目で見つめるティエラが肩をすくめる。

「まぁいいわ。うまくいけば事態の核心に近づけるわね」

「く……」

だ、だって、ティエラについて行くのに精一杯で、ようやくここで活躍できたばかりなのだ――。け、決して、目的を忘れてたわけじゃ、ゴニョゴニョ。

実際、その……ギルドのクエストのことなんて二の次で、本音では、シャーロットの行方のほうが…………あ。

「ああああああああ、そうだ！　シャーロット！」

「うわ！　び、ビックリしたー！　い、いきなり耳元で叫ばないでよ！　犯されるかと思ったわ」

犯すかボケ！　って……そんなんどうでもええわ！　それよりも――。

「そ、そんなんて――おま……」

「そうだったそうだった！　こいつらって、そもそもがゲインの仲間じゃんよ！」

「いや、人の話聞けよ」

青筋を立ててたティエラをガン無視して話を進めるクラウス。

「ん？　何言ってんだよクラウス――…………って、あああああ！　そ、そうかっ！　ゲインの野郎のとこから逃げてきたってことは……！」

そして、クソガキのメリムもようやく気付く。

「そうだよ！　……おい、こらぁ、吐けッ！」

「そ、そうだそうだ！　おい、テメェら！　エリクサーはどこだよ！」

「ちょ、アンタら！　勝手に、何急に言ってんのよ？　だいたい情報収集は私の任務で――」

うるせぇ！　先着順だッ！

「おい、こら！　シャーロットはどこだ！　どこにいる」

「そうだそうだ！　言えよ！　エリクサーはどこだよ！　誰が持ってるんだよー！」

やいのやいの！

ぎゃーすかぴーすか！

「――ああ、もう！　聞けつってんの、人の話ぃぃ！　まったくもーどいつもこいつも……」

ぶつぶつ

「ほらぁ、いっぺんに喋《しゃべ》らないの！　1個ずつ！　1個ずつ聞きなさいよ！」

「な、なんだよ！　ティエラが仕切るなよー」「そーだそーだ！」

「うるさいわねー！　昔の偉人じゃないんだから、同時に聞いても答えようがないでしょ！　……ったくぅ。ほら、アンタらもさっさと吐きなさいよ。ゲインはどこ？　このフィールドオーバーにアンタらはどこまで関わってるの？　っていうか……なんで、二人だけで逃げてきてんのよ、ほかのメンバーはどうしたのよ」

って、

「お前が一番聞いてるじゃねーかよ！」

「1個ずつどころか3個も4個もいっぺんに聞くなよ——なぁ、おい、まずエリクサーからだな……」

「あーもう！　うるさいッ！」

「オメェの方がうるさいわ！」「そーだそーだ！　エリクサーエリクサーぁ！」

わーわーわーわー！

超絶騒がしいクラウス一行であったが——……。

好き勝手に尋問を始めたクラウス達に冷や水でもかけるかのように、当のグレン達はそんな勝者の権利なぞ知らぬとばかりに、低く笑うのみで答える気配はない。

「くくく……」

それどころか、多少は覇気が戻ってきたのか、低く小馬鹿にするように笑うと言った。

「ほんっと、おめでたいやつらだぜ？」

「そーねぇ？　逃げてきた？　……そうよ、逃げてきたわよ――」

チラリと、まるで何かを気にするように背後に視線を向けたチェイルは、直後猛然と言い放つッ！

「――たった今、あれからねぇぇぇぇぇ！」


なッ⁈

猛然と立ち上がったチェイルに一瞬身構えてしまったクラウス達。そして、その瞬間を見逃さなかったチェイルは、ゼロ距離でユニークスキルを放つと、いとも簡単に拘束を解いてしまう！

――パキィン！

「ば、ばかな⁈　いつの間に縄を――」

驚愕《きょうがく》するティエラの肩越しにクラウスは気付く。チェイルの手のスキル発動が見えたのだ！

「し、しまった――……ユニークスキルで縄を凍らせたのか！」

肉を切らせて骨を断つつもりで縄を解いたのだろう。

驚愕するクラウスとティエラを尻目に、チェイルは、腕を凍傷覚悟で凍らせて、同時に縄を凍らせ――脆《もろ》くしてから折ったらしい！

「ご名答よ、お馬鹿さん！　そして、ユニークスキル所持者を甘く見たな！」

叫ぶや否や、チェイルはその勢いのまま、シュッ！　と、隠していたナイフを投擲《とうてき》し、グレンの拘束をも解いてしまう。

「いくわよ、グレン！」

「おうよ、センキュー！」

ブチブチブチッ！　甘い狙いではあったが、チェイルのナイフによってある程度切れれば、それで十分とばかりに無理矢理に縄を引きちぎると脱兎《だっと》のごとく駆け出すグレン！

だが、

「ちぃぃッッ！　——逃がすかッ」

ビュ——！　ティエラの懐から、何か黒い縄状のものが投げられると、グレンの足に絡みつく。

すると、

「ぐぁぁぁあ！」

悲鳴とともに、ばっちーん！　と地面に叩《たた》きつけられたグレン。

「く……なんだこれ？　分銅付き鎖《ボウラス》か？」

足に絡みつくそれの正体に気付いたグレンは、それでもしぶとく立ち上がり、逃げようとする、だが、二度もチャンスをくれてやるほどティエラも甘くはない！

「一生そこで震えてなさい！」

ガッキ————ン！

「んなぁ！　て、てめぇ！」

ティエラは、分銅の先端を摑《つか》むと、鎖の隙間に予備の短剣を突き立て地面に縫い留める。こうなってしまえば簡単には外せない。

「まだまだぁ！　——逃がさないわよ」

「ちぃ！　木偶《でく》の坊《ぼう》がぁ！」

悪態をつくチェイルが後ろを振り返ったその瞬間を見逃さないティエラ！

「たぁ！」

――返す刀で苦無《くない》を投擲すると、それは高速でチェイルを狙いカッ飛ぶ！

「それがどうしたぁ！」

ユニークスキルで迎撃してやるとばかりに、紫電を纏《まと》ったチェイルであったが、当然、それがただの苦無のはずはなく――。

もちろん……！

「爆発符呪付き《グレネード》よ！」

バァアン！

「きゃぁぁああ！」

悲鳴とともに、黒煙を噴き上げながら地面に墜落するチェイル。

「うっげぇ」「えっぐぅぅ……」

ありゃ死んだんじゃないか？

「ふんっ！　安心して、目くらまし用の音響付き符呪《スタン》よ」

そう言うと悠々と、剣を構えてチェイルの元へ向かうティエラ。

「く……。こ、この……！」

チェイルはそれでも逃げようとしてもがいているが、平衡感覚がやられたのか足元がおぼつかない。目もよく見えていないようだ。

そこを――。

「まったく……。装備もなしで逃げられると思ってるのか？　舐《な》めないでほしいわね！」

ゲシッ！

容赦なく足蹴《あしげ》にして、今度こそ雁字搦《がんじがら》めに拘束するティエラ。

「だいたい、武器もなしの丸腰で、上級のフィールドから逃げようなんて自殺行為もいいとこね」

それでも逃げようというのだからよっぽどの理由が――…………………………あれ？

「……ちょ、ちょっと待ちなさい」

あれ？　あれ？　あれれ？

「あれれー……なんだったっけ？」

拘束したチェイルを前に、必死に何かを思い出すティエラ。

頭をツンツンしながらえ～っとぉ……。

うぅ～ん。な、なにか大事なことを忘れている。なんだったっけ――確か、そう……。こいつらと不期遭遇する前に、なにか別の気配を探知したはず――。

それも複数――。

「静かに！　…………これは足音？　冒険者級のものが複数。

１、２……先頭に２～３人。そして、その奥にはさらに……た、大群――――ッッ?!」

…………複数？

「――――ッッ！」

そ、そうだ！

グレン達のインパクトが大き過ぎて失念していたけど、確かに、こいつらの背後には何か別の集団が――……どんっ！

「いたッ！　な、なによ?!」

ふいに背中に当たる衝撃に、苛立ち紛れに振り返るティエラであったが、そこには果たして……。

「クラウス？　それにメリムも一体どうし」

「「な、な、な、」」

ブルブル震えるクラウスとメリムは同じ表情、同じ仕草で、硬直している。

そして、その指さす先には――……って、

「「「――なんじゃありゃぁぁぁあああああああああああああ！」」」

めぎゃー――――ん！

飛び上がらんばかりに驚くクラウス一行。っていうか、何じゃありゃ！　何じゃありゃぁぁぁあ！

大事なことなのでもう一回言うけど――何じゃありゃぁぁあああああああ！

――そう。クラウス達が目撃したのは、ほんの数分前にティエラが探知していたもので間違いない。そしてなにより、グレン達が逃げることにもなった原因なわけで――。

つまり、

「「「――な、なんじゃありゃっぁぁああああああああ！」」」

と、しか言えない何かが大量《、、》にぃぃぃぃいいい！

ドドドドドドドドドドドドドドドドドドドドド!!

ドドドドドドドドドドドドドドドドドドドドド!!

ドドドドドドドドドドドドドドドドドドドドド!!

『『ミギャッァァアアアアアアア!!』』

第7話「一難去ってまた一難！」

――ミギャァァァァアアアアアア！

フィールド中に響き渡る大群の雄たけびが、空気を振動させる！

ひ、ひぇぇぇぇえ！

「「「なんじゃありゃぁぁああああああああああああ！」」」

そして、クラウス達も大群に負けないくらいの大音声で悲鳴を上げる！

そうとも、まさに……まさに『大群』だった。

しかも、どう見てもあれって――――……。

ア、ア、ア、

「アークワイバーン《ベビーアークワイバーン》の子供じゃねぇぇええかぁぁぁあああ！」

ドドドドドドドドドドドドドドドドドドドドド！

『『『ミギャッァァアアアアアアア!!』』』

涎《よだれ》を垂らして、地面を揺らして、数に物を言わせて迫りくる黒い大群！

「「「うぎゃぁっぁああああああああああああああ！」」」

無理無理無理無理無理！

あの数は無理ぃぃぃいいいいい！

「ひぇぇぇえ！」「あわわわわわ」

「……うん、逃げるわよ！」

——こりゃ駄目だ。

さすがに多勢に無勢。形勢不利と判断したのか、グレンとチェイルをむんずと、小脇に抱えると脱兎《だっと》のごとく駆け出すティエラ。

それに慌てて追従するクラウスとメリムであったが、チラリと後ろを振り向くと、今にも飛び掛からんばかりの勢いでベビーアークワイバーンがすぐそこに！

「ひぇぇぇぇえええ！　な、何やったら、あんなに一杯出てくるんだ！」

「っていうか、大群過ぎて何だあれ?!　も、もはや地面が動いてんじゃん！」

「いいから、走る！　見るな聞くな感じるなぁぁぁ！　今は、死ぬ気で走る——っていうか、走れ！　走れ！　走れぇぇぇえええ！」

——どわぁぁぁぁあああ！

悲鳴を上げて、ドタドタドタ！　と転がるように無様に逃げるクラウス達。

「お、おい！　クラウス！　お前倒せるんだろ？　アークワイバーンなら任せとけとか言ってたじゃん！」

「言ってねぇわ！　いつどこでそんなこと言った俺が?!」

……っていうか、勝てるか——あんなもん！　きっと、捕まったが最後、骨も残らないだろう。

しかし、徐々に徐々に追いつかれ始めるクラウス達。

それもそのはず！　所詮《しょせん》クラウス達は中級の冒険者で、ティエラに至っては二人も抱えている！

どう考えても逃げきれない！

「あーもう！　こいつらいっそ捨てる⁈」

物騒な物言いに、慌てるグレン達！

「ば、バカ野郎！　最後まで面倒見ろ！　連れて逃げろ！　馬鹿！」

「そーよ！　死ぬ気で走りなさいよ——このチビっ子！　貧乳！」

誰が馬鹿やねん！　口の利き方……。

「って、誰が貧乳かぁぁぁぁああああ！」

「「ひぇ！　ごめんなさい！」」

素直に謝るグレン達。よほどティエラの剣幕が怖かったらしい——。

「……ったく。もう、ほんと、捨てようかしら」

じとー。

ねめつけるティエラの気持ちはよくわかる。ほんっと、グレン達はむかつくんだよ。

昔を思い出し、しんみりと頷《うなず》くクラウス。

「……つーか、なんだあれは？　おい、グレンにチェイル！　お前らいったい何やったんだ！」

あれ。言わずと知れたベビーアークワイバーンのことだ。

「し、知らねぇよ！」

「そーよ！　さ、産卵場なんて見てないわよ」

「「…………は？」」

さ、産卵場……って言ったかコイツ？

え？　アークワイバーンの産卵……場？

「あ」

思わず口を噤《つぐ》むチェイル。いや…………。

あ、あ、あ
「あほかぁぁぁあああああ！」

思わず縛られながらも器用に頭突きをチェイルにぶちかますグレン。

そのまま、至近距離で仲間内でギャースカと！

「あー！　うっさい！　つーか……お前ら、あれを卵で増やしてるってのか⁉」

そういえば――ここに来る前にミカの奴《やつ》が言ってたな。

それを聞いた瞬間――脳裏にミカの言葉が蘇《よみがえ》ってきた。そう。奴の意味ありげなフレーズを……。

「ふふふん、クラウスぅ。…………
生き物の本能はねぇ――喰う、寝る、――そして、」

…………繁殖よ。


『『『ミギャッァァアアアアアアアアアアアアアア！』』』

「ちぃ……！　ミカの言ってたことがドンピシャじゃねーか」

忌々しいミカの戯言《ざれごと》が脳裏に響き渡ったのと同時に、食欲全開の蛮声を張り上げ襲い掛かるベビーアークワイバーンの群れ！

「な、ななな、なんだよ、あの数ぅぅう！」

チラリと振り返って飛び上がるメリム。……馬鹿！　見るなって言われたろーが！

――チラッ。


ドドドドドドドドドドドド！


「「うぎゃぁぁあああ」」

無理無理!!　ムリムリムリィィィイイイ!!

あまりのおぞましい光景にクラウスさん、涙目で逃げ惑う！　……だって、マジであの数は怖い！

「って！　だからって僕を押しのけるな――。あっぷ?!　ちょ、ちょぉぉ、顔摑《つか》むな……って、今度はどこ触ってんだクラウス！　――あと、僕を一番後ろにするなぁぁぁあ！」

ムッキー！

わき目もふらずに逃走するクラウスにティエラ。むんずとメリムの顔面とか色々出っ張ってる部分を摑んで前へ前へ！

「うるせぇ！　退《の》け退《の》けー！　早い者勝ちだっつーの！　……っていうか、お前の【直感《インスピレーション》】とやらはどーなってんだよ？」

全然反応してなくないか!?　こういう時に使えなくてどーすんだよ!!

「馬鹿やろう！　そんな便利じゃねーっつったろ!!　ここに来てからずっと反応しっぱなしなの!!

感度ビンビンなのぉ！　……だいたい、ここ上級フィールド！　僕はチューキュー！」

あ、あぁ、そういえばそうでしたねー！

なるほどなるほどー。上級の狩場に場違いな二人がいるんだし、メリムの実力からすればずっとピンチの連続ってことか――。

「あ、な〜るほど――」

――ミギャァッァアアアアアアアアア！

「って、バカー‼」

それはつまり、いても役に立たねぇってことじゃねーか！

「うるせぇよ！　お前だって、逃げてばっかじゃねーかよ！」

「やかましい！　俺のスキルは大群には向いてねぇんだよ！」

正確には、不意急襲の大群に不向きだということ。

時間さえかければ、『自動戦闘』で数を指定して一挙殲滅《せんめつ》は可能なのだが、いきなり遭遇した大群の数を数え切るのなんて土台無理だ。

下手に数え間違いでもしたら、残った群れにやられるのは見えている。

クールタイムはもとより、【自動機能《オートモード》】直後の硬直時間は死活問題なのだから！

……っていうかぁ！

「おい！　グレンにチェイル！　お前らあんなの増やしてどうする気だったんだよ！」

「そーだぞーだ！　責任取れー！」

１匹２匹ならまだしも、１００匹以上いるじゃねーか！

「う、うるせぇ！　生まれたてなら、あのドラゴンも雑魚なんだよ！　だいたいこういう仕事は、下っ端の仕事だ、下っ端のなぁ！」

「そうよ！　大群相手の仕事は、使えないカス——ミカの任務なのよぉ！　アイツのスキルなら大群相手でも……」

「い、いいいいいい、いいから走りなさーい‼　冷静に解説してる暇あったら、力の限り走りなさぁぁぁあぁあい！」

くそ！　言い訳しているグレン達の繰り言を聞いていても、しょうがねぇか——！

もはや誰の悲鳴かもわからないほど、ギャーギャー騒ぎながら撤退するクラウス達。いや撤退と言っていいのか——。

それは、潰走とも迷走とも言える状態で、まさにフィールドを右往左往。

——っていうか、これ走っても絶対間に合わねぇぇぇえ！

そしてティエラ速《は》ぇぇぇぇぇぇえええええ‼　二人も抱えてるのに速ぇぇぇぇえ！

「いいから、逃げろクラウスぅぅう！」

「逃げてるっつーのぉぉぉおお！」

再び、チラリッ。

『『『ミギャァァァアアアアアアアアアアアアア！』』』

「「ひぇぇぇえええええええええええええ！」」

さっきよりも距離ちかーい……！

怖いもの見たさで振り返ると、飛び上がって悲鳴を上げるクラウスとメリムは、その拍子に思わず恐怖のあまりヒシッと抱き合う。

……って、

「うぉわぁぁ！　く、くっ付くな！　こ、コケるぅぅうう!!」

「わわッ!!　お、お前こそ!!　ク、クラウスよせ、あ、足が絡んで――――」


あああああああああああああああああ!!


――ズッテーン!!

「「ぎゃああ！」」

「あ、もう――バカ二人!!」

案の定スッ転んだクラウスとメリム。

慌ててティエラが援護しようと武器を構えるも、抱えているグレン達が邪魔なうえ、そもそもあの大群にはティエラだってどうしようもない！

「いたたたた……！　前見ろよ、メリム！」

「お前こそ、よそ見してんじゃ――――……」


『『ミギャァァァアアアアアアアアアア！』』

「うぎゃぁぁあああああああ！」

「ひゃぁぁあああああああ！」

ほぼゼロ距離！

ビョイ〜ン！　と飛び上がったベビーアークワイバーンが一斉にクラウスとメリムに襲い掛かると、
その無数の顎が開き、おぞましい歯とそこから垂れる涎に慄《おのの》く二人はついに観念する！

「もうダメだあぁぁああ！」

「く、食われるぅぅぅぅううううううううう!!」

ヒシッ！

抱き合い互いに目を塞ぐクラウスとメリム。せ、せめて痛くないように――――……。

「リ、リズ――――」

ひゅるるるるるるる――……。
――ズッッガ――――――ン!!

「「うッッッきゃぁぁぁあああああああ！」」

死を覚悟したクラウス達であったが、その直後――響き渡る大音声が複数!!

そして、相応の爆発と爆風が巻き起こり、クラウス達もろともベビーアークワイバーンの群れを吹き飛ばす……！

ゴロゴロゴロゴロ――ごちんっ！

「あだッ！　な、な、な」

な、なんだぁ?!

「いでで……――じ、地面になんか落ちてきたぞ？」

あまりの衝撃に爆散した地面には小さなクレーターができている。

その中心にはなんと……い、岩？　石？　っていうか、どこからこんなものが――。

余りの出来事に放心状態となったクラウス一行であったが、その視線の先でキラキラと、白く眩《まばゆ》い光が瞬く。

「んふふ～……。だから言ったでしょぉぉ」

――ザリッ！

ひっくり返ったクラウス達の頭上で鳴り響く音。……そして、聞き覚えのあるかったるい喋《しゃべ》り方《かた》――……こ、これは！

ま、まさか！

「――生き物の本能はねぇ――喰う、寝る、そして、」

……繁殖だって、ね。

「だから、数が多いのなんて当ッたり前よぉ」

「「「んなぁッ！」」」

なななななななななんあなあ！

……絶句とはまさにこのことか。

開いた口が塞がらないほど、驚愕《きょうがく》するクラウスとメリム。まさかまさか、まさかまさかまさか

――生きている以上にびっくりすることがあろうか……?

だって、だって、だって――。

「ふんっ。無事みたいねぇ。これで貸し一つかしらぁ?」

クルクルと回す、場にそぐわない日傘と、鼻につく――あの声……。

そして、

ヒラヒラとした白い衣装に、極めつきは真っ白なパンツ――――。

…………ってことは、ま、ま、ま、まさかぁぁぁあああ?!

「にひっ」

「「「「なぁっぁああああああああ!」」」」

――ババーン!

死んだ目をした『人食い大猿《イーターエイプ》』やら、

ギラギラとした暗闇でも光る目をもつ巨大な肉食の魔物のそれを照明にして、クラウスを跨いで、ニヒルに笑うのは、そう!

ミ、ミ、ミ……。

「「「「――ミカ・キサラギ、お前かぁぁぁあああああああ!」」」」

第8話「白き女」

「オッハロ〜！」

ニカッ！　と陽気に笑いながら颯爽《さっそう》と現れたのは、そう！

『特別な絆《スペシャルフォース》』のメンバーにして、現在はギルド預かりの身となっている性悪クソ女ことミカ・キサラギその人であった！

「バ、バカな！　なんでお前が？」

「んふふ〜。サラザール《ギルドマスター》の奴《やつ》が言ってたでしょ、増援をよこすって」

クラウスの疑問に、カラカラカラと場違いな音を立てる車いすを魔物の死体《パペットボディ》の一匹に押させながら、答えるミカ・キサラギ。

「は、はぁ？　――お前が増援んん？」

んなアホなッ。つ、ついこの間まで敵対していた奴を増援に?!

ティエラは知ってたのか!?　そう言わんばかりに、グワバッ！　と、振り返るクラウス達。もちろん、ティエラがはっきりと答えられるはずもない。

「そんな話、知るわけないでしょ。だいたい、こんな奴を首輪もなしに送り出すだなんて……」

はぁ、そう言ってため息をつくティエラ。いくら何でも、ミカが増援として不適切なのは火を見るよりも明らかだ。

元々『特別な絆《スペシャルフォース》』のメンバーだ。今は大人しくしていても、いつ寝返るかわかったもんじゃない。

「ちっちっち！　一人で来るわけないでしょー？　ばっかねぇ。もっちろん、案内兼監督つきよぉ」

は？　……監督って。

「なるほど……。どうやら、腕っこきを監視役にして、コイツを送り出したみたいね。……それにしたって無茶だけど。で、その監督とやらはどこ――」

呆《あき》れた顔のティエラ。どうやら、彼女にとっても予想外ではあったらしいが――あり得ない話でもないかと割り切ったようである。

そして、それはこいつらにとっても同様で、ティエラの言葉を遮って喜色を浮かべる。

「お、おぉぉお！　ミカじゃねーか！　いいところに来た！」

「やったわ！　アンタがくれば百人力よ！　そうね、まずはこいつらを倒して、縄を――」

勝ち誇るグレン達。そりゃそうだ。（奴ら視点では）ピンチの時に仲間が現れれば、喜ぶのも無理はない。

「なんてこと――！」

「ま、まずいぞ――どうするティエラ！」「ちっ！　やっぱ性悪女だぜ、コイツ」

一瞬、ミカの掌《てのひらがえ》返しを警戒して武器を構えるクラウス達。

しかし、そうは問屋が卸さない。……実際のところ、ようやく救いの手が来たとばかりに気持ち悪い笑顔を浮かべていたグレン達であったが、次の瞬間、奴らの表情が凍り付く。なぜなら――。

「……は？　何言ってんの？　助けるって、私《ワタクシ》がアンタらをぉ？　チャンチャラおかしいわねぇー……。アンタらに与《くみ》する理由が私にあってぇ？」

「「んなぁ?!」」

驚愕《きょうがく》のあまり開いた口が塞がらないグレン達を尻目に、ははん！　と肩をすくめて笑うミカ。

それを苦笑しながら窘《たしな》める様子もないティエラ。

「……ま、こーいう奴よね」

今度はクラウスを逆回しにしたように、驚くグレン達。いやいや、無理もないが……無理があるだろう？

「ふふ〜ん。……『下っ端』だの『使えないカス』だの、好き勝手言っておいて今さら——」

あ、ああー……そういや、無茶苦茶な言われようだったな、コイツも。

「いや、ちょ！」「ま、まってよ、さっきのは言葉の綾《あや》で——」

慌てるグレン達。だが、もう遅い。

そもそも、こいつらの言葉を聞くに、それ以前から相当に酷《ひど》い扱いをしていたのだ。自業自得ともいえるだろう。

「お、なんだなんだ？　仲間割れかー？　……だけど、信用していいのかよー。コイツ、僕らを襲った前科があるんだぜー？」

いまいち信用できないのか、メリムがぶー垂れているが、

「バッカねー。その気なら、初手はアンタらにぶち込んでるわよ」

傀儡化《かいらいか》した『人食い大猿《イーターエイプ》』に巨大な岩をお手玉させてみせるミカ。

な、なるほど……。

「た、確かにな——」

ぐうの音も出ない反論に黙り込むメリム。

「じゃ、じゃぁ……何しに来たんだよ、お前」

「ふふ〜ん！　決まってるでしょぉぉぉお」

パチンッ！

そう言うや否や、クラウスの疑問に答えるように、指を弾《はじ》くミカ。

「もっちろん、ギルドに尻尾を振りに来たのよー♪」

あーはははははは♪

堂々とした、俗物宣言。そして、喜色に満ちた笑いと共に、ズズズズ……！　と地響きを立てて動き出すミカの傀儡化死体《パペットボディ》たち。

「……て、ゲッ」

な、何体いるんだよ⁈

「おいおい、クラウス。あれって、まさか、全部アイツの傀儡か——？」

呆気《あっけ》に取られるクラウスとメリム。……なぜなら、そこにいたのは、優に100は超える死体の群れ。

道中仕留めてきたモンスターの死体の群れだった。

「おいおい、クラウスあれ見ろよ……。ここまでに僕たちが倒した魔物を、ぜ、全部だぜ？」

……そう、見る限り、全てがミカの配下に入っているではないか！

「マジかよ。ミ、ミカの野郎、パワーアップしてやがる……」

「んふふ〜。私のスキル【生命付与《ライフオブライフ》】は有象無象も逃がしはしないわよぉ——……だぁ・かぁ・らぁ」

……すぅぅ、

「逝けッ！　私の可愛《かわい》いお人形さんたちぃ！」

ズルゥゥ……！　ズズズズズ……！

地響きを立てるが如《ごと》く、盛り上がる傀儡化死体《ボディズウェーブ》の山！　な、なんつー数！

「ちょま！」「に、逃げろッ！」「ひぇぇぇぇぇ！」

あわてて逃げ出すクラウス達——……直後、背後から迫りつつあったベビーアークワイバーンの本隊と、ミカの操る傀儡化死体《パペットボディ》が激突する！

——グシャァッァァアアア!!

刹那、まるで暴走馬車が正面衝突でも起こしたかのように、新鮮な肉と死肉がぶつかり合う嫌な音ッ！

「「「うわぁぁぁあああああ！」」」

その余波に吹き飛ばされるクラウス達と死肉の山！　…………グレンとチェイル？

知るかッ！

バラバラと降り注ぐ血肉の中、なんとか生きていたクラウス達であったが、現場はまさに凄惨の一言。

「げほげほ！　こ、殺す気かー！」「そーだそーだ、性悪女ぁ！」

ムッキーと怒りの声を上げるも、ミカは素知らぬ顔。

「ったく……。アンタ、恩赦が目当てなんでしょ？　もうちょっと気を付けて戦いなさいよ」

無数のモンスター達が肉弾戦を繰り広げる中、危ういところをティエラに摑《つか》まれて壁まで避難したクラウス達。

訳知り顔のティエラだけがため息をつきながらクラウス達を地面に下ろす――――……っていうか、
恩……赦？

「って……。い、今、恩赦って言ったか？」「え？　お、恩赦ぁ⁇」

え～っと、「「それって、なんだっけ？」」と、思わず顔を見合わせるクラウスとメリムを見て、ずるっ！　とスッ転びそうになるティエラ。

「いたたた……！　し、知らないなら、大げさな声出すんじゃないわよ。……まったく、これだから人間は」

はぁ、とため息一つ。

「あのねぇ、恩赦よ恩赦。端的に言えば、ギルドに協力すれば、先日の騒動諸々《もろもろ》の罰から大幅に減刑するってこと。そういう約束らしいわ――……だから、コイツも積極的に協力してるってわけ――そうでしょ」

「――はぁぁぁあ⁇」「げ、減刑ぇぇぇぇぇ⁉」

ティエラのセリフに肩をすくめて答えるミカ。……正解らしい。

どうやら、ミカはただ裏切ったわけではないということ――義理って言葉知ってるか？　と言いたい。

「んなアホなぁ⁉」「僕らは聞いてないぞ！」

ぎゃーぎゃーぎゃー！

思わず抗議の声を上げるクラウス達。散々無茶苦茶やっておいて、そりゃないだろうと言いたくもなる。

そして、それを聞いてクラウスとメリム以上に驚いている奴らが二人。

「お、恩赦だとぉぉ！　て、てめぇぇぇ！　ミカ、こらぁぁぁ！」「う、裏切ったわね、アンタぁっぁああ！　自分だけずるいわよ！」

あ、生きてたのか。しぶとい……。

ピーピー騒いでいるのはボロボロの恰好《かっこう》のグレン達。這《ほ》う這《ほ》うの体《てい》で、死肉の中から芋虫のように這いだしてきたらしい。

「……ふん。なぁにが裏切りよ——私《ワタクシ》は犯罪の片棒担ぐ気はサラサラないわよー。だいたいねー……人の言うこと聞かないでこんな騒ぎまで起こしたアンタらに義理立てする必要ないわぁ」

ふふ～ん、と仰《の》け反《ぞ》り気味に勝ち誇る様子のミカを見て憤るグレン達。

「くッそぉぉ！　——ずりーぞてめぇだけ‼」

「そ、そーよ、そーよ！　私たちだってゲインのことはうんざりなのよ！　恩赦頂戴よ！」

頂戴って、飴玉《あめだま》じゃねーんだぞ……。

「んーふーふー♪　ばっかねぇ～。こーゆーのは、残念早い者勝ちなのよぉ！　あ～はははは！」

おおう、俗物。まさに俗物！　だが、処世術としては、ミカ・キサラギがもっとも正しい！

高笑いするミカは、そのまま、我が春よと謳《うた》わんばかり！　そうして、このまま決着をつけんとばかりに、最初から操っていた魔物の死体はもとより、奥から続々と湧き出てくるベビーアークワイバーンも、次から次に駆除しては配下にしていく。

「さぁさぁ、アタシの活躍をとくとご覧あれー！　そぉれ、見てぇ、聞いてぇ、感じてぇぇぇえ！」

そーして、恩赦を頂戴な～♪

「あーはははははははは♪」

「「「う、うわぁ……」」」

ドン引きするクラウス達。

大群を率いて大群を駆除する……その姿もさることながら、悪びれず俗物根性丸出しのその姿こそ、まさに圧巻の一言！

経験値を稼ぎに来たゲインと、恩赦を獲得に来たミカとどっこいどっこいな気もするが、事実として、クラウス達の目前で次々とベビーアークワイバーンが摺《す》りつぶされ、数を減らしていく。

……そして、それと反比例するかのように、ミカの操る傀儡は増えていく。

「す、すげぇなあの性悪女……」

「あぁ、そうだな。相性もあるんだろうが……なるほどなー。倒した傍《そば》から味方にしているということか」

まさに、

化け物には化け物を。

アークワイバーンにはアークワイバーンを。

大群にはミカ・キサラギを——！

……まったく、一度敵に回すとこれほど厄介なユニークスキルはほかにないだろう。

「あははは！　あははは！　そこにもお肉《ミート》、あそこもお肉《腐肉》ぅ――そうよぉぉ、み～んな、私のお人形さんになっちゃいなさいなさぁぁぁあい！」

クルクルと車いすごと回りながら、全身血まみれになりつつも、うっとりとした表情で、悪趣味にタクトを振り続けるミカ。

今や、実に上機嫌に笑いながら、腐肉と新鮮な血肉を浴びて恍惚《こうこつ》とした表情を浮かべている――。

「うふふふ、可愛いわねー。可愛いわねー。可愛くって食べちゃいたいくらいよぉ、アタシの子供たちぃ♪　そうよぉ……かのアークワイバーンの、マ・マ・は・私♪」

んふふ～♪　つ・ま・り・ぃぃ――――！

クルリと車いすを回転させると、虚空に向かってビシィ！　と指を突き上げるミカ！

「……アナタたち《ベビーアークワイバーン》も、私の子供ってことなのよぉぉおおお♪」

うふふふふふふふふふ――――！

そうして、気持ち悪いダンスとともに、下手糞《へたくそ》なウィンクをして見せると、トドメと言わんばかりに、クワッ！　と、目を見開き、両手を掲げ上げるように持ち上げるると、全ての死体を手中に収めんとするッ！

「……さぁさ、お逝きましょうか！　マイベイビィたちぃ」

すぅぅ、

「――逝けッ！　【生命付与《ライフオブライフ》】Lv２――『死体傀儡化《コープスパーティ》』発動ぉぉおッ！」

カッ！

刹那、ミカから放たれる黒い光！　その光が魔物の死体に絡みつき、体を、意識を、魂をも、拘束し冒瀆《ぼうとく》していく！

そうして、ミカ・キサラギは持てる力全てを振り絞ると、まるで一個の生物のように死体を操り、残りのベビーアークワイバーンに嗾《けしか》けると、あっという間に過半数を殲滅《せんめつ》して見せたのだった。

第9話「最強の援軍」

「『す、すげぇ……』」

呆然《ぼうぜん》とその光景を眺めるクラウスたち。まるで怪獣大戦争だ。

『『ミギャァァァア…………ァァア……』』

そうしているうちに、見る見るうちに数を減らしていくベビーアークワイバーンの群れ。

ミカ・キサラギの【生命付与《ライフオブライブ》】――ハマればこれほど強いユニークスキルも稀《まれ》だろう。

「……い、いやはや、すげぇ援軍だな。まったく――」

「ええ、あのアークワイバーンの幼体も、半数以下に数を減らしたわね。……大勢はすでに決したと言えるかしら」

ふぅ、と汗をぬぐうティエラ。さっきまで、クラウスとメリムを抱えて壁に張り付いていたのだ、疲労は推して知るべし。

しかしまぁ――……なんというか、ミカの操る傀儡化死体《パペットボディ》の数がベビーアークワイバーンを上回り、その群れの中に飲み込まんとしている様よ。

まるで肉の洪水だ。だいたい、ママとか言っておきながらこの容赦のなさ…………っていうか、

「子供とか言ってるがよー。ママのママなら、それって、お婆ちゃんじゃねーのか?」

「あ、ホントだ――……ひひひ?」

ぴきっ！

「だ・れ・が、お婆ちゃんかぁぁぁあああああああ‼」

ムガー！　ぐるん！　と悪魔憑《つ》きのように首を回転させつつ怒りを見せるミカであったが、直後

「……かはぁっ！」と、吐血して車いすに突っ伏すようにして倒れる。

「は……？」

「え？」

ゴハッ……ガハッ……！　苦し気に吐血するミカを見て、思わず顔を見合わせるクラウス達──。

「え、あれ？　俺、言い過ぎた？」

「ちょ、クラウス、お前謝れよ！」

え、ええー。俺が悪いのぉぉぉぉ？

「……んなわけ、ないでしょぉぉぉおおおおお！　──ごふっ」

血走った眼《め》と、口の端から鮮血を垂らすミカが、ムッキー！　と怒り狂うも、そのままボタボタと血を流しながら、フラフラと車いすに沈んでいく。

──って、おいおい！　マジでヤバいんじゃないのか⁈

「安心しなさい、ただのスキルの過剰使用よ──ほらぁ」

ミカにポーションを投げ渡すティエラ。

どうやらただの魔力切れらしい。……つまり、スキルのクールタイムに入ったような状態だろう。

「んだよ。……ったく、ビビらせやがって──人騒がせな、性悪女だぜ」

「まったくだぜ。性悪女は自分のスキルの限界くらい見極めろよなー」

はーやれやれと、経験者面してメリムが言うが、メリムのスキルとミカのスキルでは性質が違い

過ぎる気もするけどな。

ま、クラウスだって、【自動機能《オートモード》】を使ったあと、1分は何もできないのと同じように、ユニークスキルには、それぞれ発動後のクールタイムが発生するんだ、別に珍しくもなんとも──。

「ん？　いやいや。……ちょ、ちょっと待てよ、クラウス。魔力切れってことは──性悪女《ミカ》が操ってるモンスターって、」

「あ」「あ……」

メリムがつぶやいた瞬間、クラウスもティエラもハタと気付く。

──ドサッ！

ドサドサッ！

「「げ⁉」」

そして、予想通りというか、ある意味お約束というか──ミカが倒れると同時に、傀儡《くぐつ》にしていたモンスターがすべて物言わぬ骸《むくろ》に還《かえ》るではないか！

その直後──。

『『ミギャッァアアアアアアア‼』』

死体の山をかき分けながら、雄たけびを上げるベビーアークワイバーン達。

「──げぇぇぇえ！」「お、お、お、おかわりー⁉」

まだ生き残りがいたのか⁉

しかし、生き残りにしては数が多いッ！　おびただしい数のベビーアークワイバーンが死体を乗り越え、群れが溢《あふ》れるがごとく、堤防が切れてしまった洪水のように奴《やつ》らが押し寄せてくるッ！

「いらない！　いらないよー！」「もうたくさん！　ひ、ひぇぇぇぇ！」

ミカによって過半数を減らされても、なお大群だ！　そして、ミカの傀儡がいなくなれば当然ながら数の暴力はあっという間にクラウス達に向かう。

「……チィ！　やっぱりこうなるわよねぇぇ！」

舌打ちするティエラは、先手必勝とばかりに無い胸に手を突っ込んで呪符を取り出すと、一挙動で苦無《くない》に貼り付けると――先制攻撃！

……シュンッ！

すかさずのティエラの投擲《とうてき》は、お得意の爆発符呪《グレネード》付き！

「出し惜しみは、なしよッ！　――って、誰の胸がないのよ！」

――ボォォォオオオオン!!

苦無の連射とともに、ティエラの爆発符呪が炸裂《さくれつ》し、一時的にベビーアークワイバーンの動きを止める！

やったか?!

「――フラグ立てるのやめなさいッ！　それより、今よ、クラウス！　アンタがやるのッ！」

は?!　え?!

「お、俺ぇぇ?!　…………いや、どうやって……って、」

ま、まさか、お前――。

「今、『自動戦闘』を使えってのかぁっぁあああ?!」

……む、無茶だ！

「そ、そうだぜ！　おいおいおい、知ってんだろ？　こいつのスキルはそんなに使い勝手がイイもんじゃねーぞ！」

その通りだけどぉ！　なんかさあ、メリムに言われるとな〜んかむかつくんだよなぁ！

しかし、事実は事実。１対１ならまだしも、『自動戦闘』は、ミカとは真逆で大群を苦手としている。

「はぁ！　なんでよ？」

なぜなら……。

――そう、なぜなら！

「……敵の数がわからねぇと、殲滅《せんめつ》しきれねぇんだよ！」

言うが早いか、ステータス画面を起動するクラウス。

せめて、大まかな強さくらい確認しておかないと――。


ブゥン……！

※　※

《戦闘対象：ベビーアークワイバーン×１》
⇓戦闘にかかる時間００：００：０７

※　※

一体あたり、7秒か！　むぅぅ……雑魚っちゃ、雑魚だけど……！

『『『――ミギャァッァァアアアアア！』』』

「うわ！　まだまだいるぞ！　くそ……どうする？　あの数じゃ、何体いるのかわからねぇぞ！」

「ク、クラウス！　いいから適当に数を指定しろよ！　倒せりゃ、めっけもんだろ?!　適当に1万匹とか入力すりゃいいじゃねーか！」

ば、馬鹿野郎！

……確かに、メリムの言う通り、適当に数を指定することもできる。できるが……。仮に1万匹と入力して、ここにいるベビーアークワイバーンを殲滅したとして、だ。

そのあとはどうする？　確かに、このフィールドの分の殲滅は可能だろう。

だが、【自動機能《オートモード》】は途中で止められない！　つまり、1万匹を仕留めきるまで、クラウスは永遠に『自動』で動くはめになるのだ！

「……よしんば、仮に1万匹のベビーアークワイバーンを指定することができたとして、倒しきるまでに何年かかる？　1年？　2年？　10年?!」

「う、そ、そういうことか……」

ようやく【自動機能《オートモード》】の本当の恐ろしさを知ったメリム。

「そうさ！　何年かかるかもわからないし、そんな中、下手すりゃ、1万匹を仕留めるまで、ずっと無意識で動き続けるかもしれないんだぞ――――……常識的に考えて、そんなの無茶苦茶だろうが！」

まして、世界に存在する以上の数を指定した場合はどうなるってんだよ！　倒しきれば、そこで打ち切りか？　それとも、その数を達成するまでずっと【自動機能《オートモード》】のまま?!

「そんなのって、そんなのって――……ちくしょぉぉぉぉおおおお！」

……でも。

それでも、やるしかねぇのかよ！

「あぁ、わかったよ！　やってやるさ！　やればいいんだろう！」

……すぅう、

「――【自動機能《オートモード》】起動……！」「クラウス……お前！」

ブゥン……！

それでも、最悪生き残るためにはやむを得ないかと、クラウスはステータス画面を呼び出し、数値を入力しようとする。

それが、人生最後の【自動機能《オートモード》】になるかもしれないことを百も承知のうえで、だ。

「くそっ…………くそっ！　くそぉぉお、リズ。……ごめん」

これを起動したが最後、あの子に二度と会えないかもしれないと思い、クラウスは胸が締め付けられるような思いに駆られる。

…………だけど！

杞憂《きゆう》かもしれない。

何もないかもしれない——それでも、試すにはあまりにもリスキー……。

「無茶するなよ、クラウス。……コイツが起きれば何とでもなるんだろ?!　……だから、くそぉ！　起きろ！　起きろよ、性悪女ぁぁあ！」

ガックンガックン！

メリムもそれがわかったのか、クラウスにそれ以上頼ろうとはしない。

しかし、クラウス達は、すでに万事休す！　もはや、一刻の猶予もなく、ベビーアークワイバーンの群れに飲み込まれようとしている！

くそぉぉおお……！

「ああ、もう！　——ア、アンタたちは私の背後に！」

シャキンッ！　装備の大半を使いつくしたティエラが、悲壮な覚悟を秘めてクラウス達を背後に庇《かば》う。

クラウスのスキルに頼らず無理強いしないティエラを見て、その覚悟にクラウスの胸がキリキリと痛みを訴える。

くそ……！　くそ、くそくそ！

「ど、ど、どうすりゃいいんだっぁぁぁあああ！」


——お兄ちゃん!!!

「んなッ?!」

……な、に？

い、今……リズの声が？

「ど、どうしたんだよ、クラウス？」

「いや。な、なんでも、ない……」

まさか——げ、幻聴………？

こんな時に？　……いや、幻聴にしてはやけにハッキリと——。

「——お兄ちゃん‼」

「ふぁ⁈」

びくーんッ⁈　と、今度こそ反射的に飛び上がるクラウス。

だけど……そんな、バカな……バカな——。馬鹿なッ！

……すぅう、

「お兄ちゃん！　全部で、２５５匹いるよぉぉお！」

「——ッッ‼」

お、

「【自動機能《オートモード》】起動ぉおッッ！」

刹那。

その声を聴いた瞬間、細胞レベルでクラウスの体が動いた。それは、もはや条件反射に近い動きで、ステータス画面を操作し、カチカチカチ‼　と、迷わず数値を入力！

指定数はもちろん———。

——ブゥン……！

※　※

《戦闘対象：ベビーアークワイバーン×255》
⇒戦闘にかかる時間00：23：40

※　※

255匹っ！

「……い、行ける！　行けるぞ！」

——たったの、に、23分?!

そうとも、そのくらいなら十分に戦える————！　行ける……！　行けるぞ！

だから、行くんだ！

「——リズが255匹って言ったらよぉぉ!!」

それが最適解《それがさいてきかい》は255匹なんだよ!!!

——バンッ!!

「いけッ、俺！」

呼び出したステータス画面を叩《たた》き割《わ》るように操作するクラウス。

そして、

「――うぉぉぉぉおおおおおおおお!!　スキルLv４『自動戦闘』発動ッ！」

カッ!!

輝くステータス画面と、意識が落ちる寸前のクラウスが最後に見た光景。

それは、善戦するティエラと、驚いた顔のメリム――――そして、ミカがやってきた方向から必死で駆けてくる…………………リズっ。

「リズ……――」

思わず手を伸ばしたクラウスであったが、……直後、スキルが発動し、いつものようにフッと意識が落ちた。

そして、目が覚めた時……。

『ミギャァァア……ァア………カフッ』

ブシュウウウウ!!　と生臭い鮮血がほとばしり、クラウスの顔を汚した。

次の瞬間、クラウスの意識はすべて覚醒し、同時に、全身を襲う倦怠感《けんたいかん》と筋肉痛に襲《おそ》われる。

「……がはぁぁあっ、ごほっ！」

ごほ、ごほ、ごほ！　………………おぇぇぇ！

――ドサッ。

255匹連続で『自動戦闘』をしたためか、その反動で、いつも以上に激しい筋肉痛に襲われ、もはや一歩も動けないクラウス。

それでも、震える手を見やると、ズシリとした手ごたえを感じる。

「や……ったの、か？」

目を落とせば、逆手に持ち替えた短剣で、最後のベビーアークワイバーンを倒したところであった……。

まさに急所を一突き――……。そして、周囲には無数に転がるベビーアークワイバーンの死体の山……！

「…………ッッッし！」

思わずガッツポーズ！

刹那――。


　クラウス・ノルドールのレベルが上昇しました《レベルアップ》、クラウス・ノルドールのレベルが上昇しました《レベルアップ》

　　クラウス・ノルドールのレベルが上昇しました《レベルアップ》、クラウス・ノルドールのレベルが上昇しました《レベルアップ》

　　　クラウス・ノルドールのレベルが上昇しました《レベルアップ》、クラウス・ノルドールのレベルが上昇しました《レベルアップ》

　　　　クラウス・ノルドールのレベルが上昇しました《レベルアップ》、クラウス・ノルドールの

レベルが上昇《レベルアップ》しました

クラウス・ノルドールの…………


「う、うぉぉおおおお！」

――よっしゃぁぁぁあああああ！

勝利の雄たけびを上げるクラウスが、ついに力尽き、ガクリと膝をつく。

「はぁはぁはぁ……！」

や、やはりベビーでもアークワイバーンだな。さすが、格上のモンスター！

おかげで、中級にすぎないクラウスのレベルが急上昇していくのがわかる。そうして、ようやくレベルの上昇がひと段落したところで、

「…………ふぅー」

と、深いため息とともに、ドサリ――。

膝からへたり込み、そして、そのまま突っ伏してしまいたい衝動にかられるクラウスであったが、その誘惑を振り払い何とか立ち上がる。

「うあー……」

すでに、全身は筋肉痛でバラバラになりそうなほどで、体中が軋《きし》みを上げているが……なんとか生きてる。生きてるぞー……。

と、そこに――タッタタッタタッタ！

「——お兄ちゃ————————ん！」

「リ——！」


どふっ！

「おっふ‼」

軽快な足音とともに、みぞおちにものっ、そい衝撃！

筋肉痛に耐えていたところにこれだ！

普段ならなんてことのないそれも、今のクラウスにとっては砲弾も同然！　構えを解こうと油断していたのもあって、思わず体が「く」の字に曲がるクラウス——。

「お——」

……オロロロロロロロロロロ！

「ひぇ！」「ぎゃ！」「汚《きたな》ッ！」

出る出る出る出る。

いろんなものが出ちゃうぅぅう——けど、このぬくもりは受け止めなければならない…………っていうかぁぁぁあああ‼

なななななななななん、

「なんで？　なんで、り、リズぅ⁈　な、なな、なんでお前がここに————————⁈」

うぉぇっぇえええええええええ⁈

体の重さも、匂いも温もりも間違いなくリズだ。

リズなんだけど、

「おろろろろろろろ！」

「ひゃぁっぁあ！　お、お兄ちゃん！　きたない！　きたないよぉぉお！」

ゴメン！　ゴメン、リズ――……だけど、や、やっぱり幻聴じゃなかった～ん?!

う、うそぉぉぉぉおおん?!

本日一番の驚きのクラウス。最愛の義妹《いもうと》を抱き留めつつ、ようやく腹の調子が治まったところで、なんとなくポンポンといつものように頭を撫でつつ、目をシパシパさせてしまう。

「ほ、本物の――リズ?!」

だよな？

げ、幻覚でも幻聴でもない、よね……。

さすさす、ペタペタ。むむむ……。

「え、えへへ」

はにかむように笑う少女。見た目も感触もリズだけど、むぅ、リズ……だよな？

――もみもみ。

「あ、うん、リズだ――」

バチコ――――ン!!

「はぶぁ！」

あいた～――――!!

「ば！　ど、どどどど、どこ触ってんのよぉぉぉおおお！」

「い、いや。リズかどうか確かめようと――」

うん、あのサイズはまごうことなきリズだな……。

って、

「へー。……じゃ～存分に確かめて、ちょ―――――だいねぇぇぇええ！」

「ひぇ！　グーはだめ！」


バッコォォォォオオオン！


「あいっだぁぁあ⁈」

な、なんでぇ⁈

「いや、『なんでぇ』って顔は私がするよね？　義妹のどこ触って理解してるのよ！　変態！　大変なヘンターイ！　……もうー‼」

いやいやや、だってさぁ……。

え、え、え、

「え、え、え、えええええええええええええ⁈　リズぅぅぅうううううう⁇」

「うわ！　しつこーい！」

いや、しつこい言われても……。クラウスさん、本気で驚愕《きょうがく》してますよ！

それは、ベビーアークワイバーンの群れに遭遇した時の比ではないですよ！　むしろ、今日一番のビックリですよ！

ってていうか、

「こ、ここ、上級狩場《フィールド》だぞぉぉぉおお!!」

えええええええええええええええええええええええええええええええええええ?!

もう、なんていうか、「ええええ」しか感想がわかない。

「いやいや、おかしいおかしい。――ば、馬鹿やろう、この野郎だよ!!　つーか、な、なんな、なんでここにいる？　な、なんで、どうやって来たんだ?!　……危険だっつってんだろ！」

つーか、危険だよ!!　つーか、つい先日デビューしたばかりの義妹が、上級フィールドにいるんですよ?!　馬鹿ですか?!

「バ、バカぁ?!　……お、おおお、お兄ちゃんに言われたくないよ！」

「はぁぁあ?!　俺はいいの!!　クエストで来てんのぉ!!　護衛もいるのぉぉお!!」

護衛のティエラさんも大群にはかなわなかったけどねぇぇぇえええええ！

「つ――――か」

あ――――も――――――――――――!!

「どうなってんだよ!!」

ひとしきり叫ぶと、頭をガシガシガシと思いっきりかきむしりつつ、ジロリとリズに視線を戻す。

……ごんっ！

「あいたッ?!」

「『あいた!』じゃない……!　この馬鹿垂れ!!」

もう1回、ゴッツン!!

「ぶー!　いたーい」

「ぶー」じゃないよ、まったく……。一人で、こんなところまで——。

ほんッと、誰に似たんだか——。

「…………あれ??」

ひ、一、人で?

「……い、いやいや。まてまて、待て?　そ、そもそも、どーやってこんな奥地まで来たんだ?

——いくらユニークスキルがあっても、強力な護衛なしじゃ、さすがに…………あ」

ユニークスキル……。

強力な護衛…………。

「おいおい、まさか——」

ジロリ。

クラウスの鋭い視線の先では、ようやく回復したらしいミカ・キサラギが車いすによっこいせと腰かけようとしていた。

しかし、その途中で、クラウスの視線とその他の視線に気付いて、ついに、そのままの恰好《かっこう》で固まってしまう。……なぜか、ダラダラと汗を流して——。

「え、えへ♪」

パチリンコと、可愛《かわい》くないウィンク――。

「………おぅ、ごら」

「あ、あはは――。どうしたのかしらぁ」

……いや、「あはは」じゃねーわ。どうしたもこうしたもねぇわ。

「お前、もしかして――」

「ぴゅ～るり～♪」

すっごい明後日《あさって》の方向を向いて口笛をわざとらしく吹いている白ゴス女が一人。

「じー………」

「あ、あはぁ～。ちょ、ちょ～っとお花摘みに行ってきていいかしらぁ」

ひきつった笑みを浮かべてミカが、あははーと笑いながら何処《いずこ》かへ………。ほう、花摘みとな？　花っていうのは、

「この鼻かぁあああ！」

ムギィイ！

「い、いだ！　いだだ！　クラウス、アンタぁ、は、鼻！　鼻痛いってば！」

あーそう？　鼻摘みしてほしいっていうから摘んだんだけどぉ……。

つーか、そんなことより――。

「ちょ～～～～～～っと顔貸《つら》せや」

……な？

ニコォ！　……と、真っ黒な笑みを浮かべてクラウスが、クイクイと指さし、ミカを物陰に誘う

――。

「や、やーねー。女の子を隅っこに連れ込んで何を――」

ぐわし。

「ちょ、な！　あ、あいた！　あいたたたたたたたたたたたた！　か、顔ぉぉぉお‼」

「はっはっは――ちょうどいい、摑《つか》むとこあって助かるわぁ」

「つ、摑むとこって――あー！　鼻がぁぁぁあああ！」

はっはっはっは！

ズールズル……と、哀れ物陰に引きずり込まれるミカなのであった――。

あ～～れ～～～～…………。

第10話「リズの進化」

チ〜ン♪

……それから数分後。

ようやく落ち着いたらしいクラウスが何食わぬ顔で物陰から顔を出すと、手をパンパンと叩《たた》いて埃《ほこり》を落とす。その背後では、ミカがプシュー……と煙を吐きながらへたり込んでいた。

いや〜……。結構、絞られたようで——。

「まったくもー。この性悪女ときたら……！」

「うぅぅ。もうお嫁に行けない……」

うるせぇ！　お前なんぞ、嫁に貰《もら》う酔狂な奴《やつ》がおるか！

「ふんッ！」

真っ赤な顔でしくしく泣いているミカとは対照的に、鼻息荒く、いっそ、にこやかな笑顔すら浮かべているクラウスさん。

だけど、まったく目が笑っていない——。

「ク、クラウス。おまえ顔こえーぞ」

「……っていうかなにしたのよ、アンタ？」

チラッ。

メリムとティエラが視線を向けると、その先にヨヨヨヨ……と、さめざめと泣くミカ——ぎろっ！

り込む。

「「ひ！」」

窘《たしな》めようとした二人であったが、鋭く睨《にら》むクラウスに震えあがると、反射的に抱き合ってへたり込む。

「ち、ちびったぜ……」

「お、犯されるかと思ったわ」

「あ、あはは……。お、お兄ちゃんがああなったら、ちょっと手が付けらんないかも――」

タラ～リと、汗を一滴たらすリズ。

自分が原因なのはわかってはいるものの、今のリズには何もできない――だって、お兄ちゃんのことなら、よ～く知っているから。

「ふん……何が増援だよ。あのババアめ」

ムカムカする腹の内を抑えながら、クラウスがどっかりと胡坐《あぐら》をかくとティエラを睨む。

「……ミカから聞いたぞ。アイツも含めて、ギルドの強行偵察班《フォースリーコン》の一、つだって？」

「え？　ああ～……。うん、そうね。ミカのほかにも腕利きを好待遇で雇っているはずよ」

至極あっさりと認めるティエラ。どうやら秘密というほどでもないらしいが――……。

「はッ！　腕～利き～ねぇ～？」

ミカの方を見やるクラウスの視線に気付いて、その言わんとすることを察したティエラ。

確かに、ミカのように恩赦目当ての者のほかにも、高ランクパーティが高額報酬で雇われているらしいことは聞いていた。だが、まさかまさか、ギルド預かりのミカとほぼ非戦闘員のリズまで駆り出すとはいささかやり過ぎではないだろうかと思わなくもない。

……まぁ、それくらいにフィールドオーバーが危険視されているということだろう。

「まったく……。犯罪者スレスレの奴を信用するなんてどうかしてるぜ。……しかも、リズ一人で監視役だって？　どう考えても、無茶苦茶だろう」

「はぁ？　そんなこと言ったの、アイツ⁈　まさかまさか、そんなはずないわッ！　……ほ、本来、ちゃんとお目付け役がいたはずよ」

じー。

どこにいるんだよ、と言わんばかりのクラウスの視線にばつが悪そうに頭をかくティエラ。

別に彼女が悪いわけではないが、ギルド側なのは間違いない。

──はぁ……。

「……多分。この分だと撒《ま》いてきたみたいね」

呆《あき》れた顔でため息をつくティエラ。どうやら、ここまで来たのはミカの独断専行だったらしい。

「な、なによぉ。頼まれたから連れてきただけよぉ。……だけど、まさかこんなに使《つか》える子だったなんて、いい意味で予想外ねぇ」

ようやく復活したらしいミカが、頭をさすりながら涙目でクラウスを睨みながら言う。

……いまだに顔がほんのりと赤い。

「ふん、よく言うぜ！　……って、使《つか》える子⁇」

──リズが？

そりゃあ、リズは優秀だけど、冒険者としてはまだまだ──……。

「…………あ、まさか！」

びっくりしてリズを振り返るクラウス。すると、

「ご、ごめん……どうしても、心配で――」

しょぼんとうなだれるリズ。

……どうやら、ユニークスキルのことをミカに話してしまったらしい。

「なッ?!」

(よ、よりにもよって……。コイツかよ)

「……なによ、その顔ぉ。ふんっ！ それを私《ワタクシ》が言いふらすとでもぉ？ ――冗～談ッ。そんな銅貨1枚にもならないことしないわよぉ」

ふふ～ん、となぜか偉そうなミカ。

「ちッ」

舌打ち一つ。

――まぁいい。知られたのならしょうがない。だけど、これで合点がいった――――。

「……なるほどなー。どーりで、ここまで最短ルートで俺に追い付けたわけだ――」

「う、うん……。スキルに従ったの」

ははぁ～！ ……さすがはリズ《マイシスター》のユニークスキル【依頼の道標《クエストマーカー》】。

……あれなら、確かにクエスト対象《クラウス》の位置がわかるしな。さらに、ベビーアークワイバーンの数を知りえたのも、クエストの応用か……。

『緊急クエスト』を受注して、原因である魔物をマーカー表示できるようにしていたのだろう。

それにしたって……。

「そーいや、リズ。まさか、マジであの数を数えたのか？」

「え？　うん」

いや、「え？　うん」……じゃねーから！

さり気に、スゲェからな、それ！

「い、いやいやいや！　ちょ、ちょっと待って！　――……え、なにそれ？　え、それ凄《すご》くない？

スキルもすごいけど？　アンタの妹も凄くない!?」

驚くティエラに、なぜかドヤ顔で答えるクラウス。

「だろぉ。リズはすげーんだぜぇ！」

マーカー表示だけで２５５匹数え切ったんだからな。その正確さと、前線で冷静に数えられる胆力には驚かされる。

「……つーか、なんでクラウスが偉そうなんだよ」

「コイツはぁ、義妹《いもうと》のことになるとい～っつもこうなのよぉ――キッショ」

ゴンッ、ゴンッ!!

「いだ！」「あいたぁ～！」

頭を押さえるメリムとミカ。

「うー……、なんで僕まで殴るんだよ」

「そ、そーよー……って、『まで』って何よ、まで、まてって！」

まるで、殴られて当然みたいに言わないでよ？

「え？　当然じゃん？」

「違うわよ！」

ムッキー！

「うっさい！　どっちもどっちじゃい。……つーか、リズのスキルだと下級クエストまでしか無理だったろ？　いったいどうやって――」

「ふふんっ、そりゃあ～もちろん、」

なぜか、得意顔のミカであったが――。

「……あああん？　今、調子こいたろ、ミカ？　俺はテメェに喋《しゃべ》れと言った覚えはねーぞ！」

バキバキッ！

「ひ、ひぃ！　ごめんなさい～」

リズのことになると、す～ぐにイラ立つクラウスさんがビキスと青筋を立てる。

さすがに、さっきのトラウマもあってか、ミカも今だけはクラウスには従順らしい。

「……おいおい、クラウスー。こぶしをバキボキと鳴らすなよ、ガラ悪《わり》ぃなーもー。……だいたい、さっきから殺気立ち過ぎだぞ」

ちっ……。

メリムが窘めると、プイっとそっぽを向く。

「……まったく、子供かよ、クラウス～！」

「うるせぇ、お前に言われたかねぇよ！」

がるるる！

「どーどー。お兄ちゃん、落ち着いて……。でも、勝手についてきてごめんね？　どうしても心配で……。その……途中で、ミカさんが手伝ってくれたりとか……。え、えっと、」

ダメだった？　そう言わんばかりに上目遣いに見つめてくるリズに、グッ！　と胸を打たれちゃうクラウスさん。

「うぐ……」

くらりっ……とよろめくクラウス。

「くぅぅ……そんな目をされたらダメとは言えんがな――――！」

だって、リズの瞳の破壊力といったら……。

「ぷぷ、チョロい。私への態度と正反対で、まさにチョロウスよねぇ――――」

「あん！」

じろ!!

「ひぇ！　なんでもありまて～ん！」

ったく、ミカの野郎、すぐ調子に乗りやがる。

……それにしても、

「リズ、かなり成長したみたいだな」

フムと顎を撫《な》でるクラウス。

「う、うん。御免ね……。ミカさんが途中で魔石とかくれて……。あ、お兄ちゃんに相談なしでステータス割り振っちゃったけど……よかったかな？」

「ミカがぁ……？」

胡乱気《うろんげ》なクラウスの視線に、不安そうな顔のリズ。

ユニークスキルを鍛えたというのなら、悪い選択ではないと思う。

そこは、ユニークスキル所持者のミカらしいアドバイスだろう。おかげで、【依頼の道標《クエストマーカー》】の表示がさらに増えたというのなら、クラウスとしては文句のつけようもない。

――ミカの手を借りたのだけがちょっと、な。

「んー…………。よし！　せっかくだし、ちょっとお前のステータスを見せてくれるか？」

「え、あ、うん……」

少し恥ずかしげにしながらも、ステータス画面を移したメモを見せるリズ――。


――ブゥン……！

※　※　※

レベル：25（UP！）
名　前：リズ・ウォルドルフ
スキル：【依頼の道標《クエストマーカー》】Lv4
Lv1⇒近親者クエスト表示
Lv2⇒基本クエスト表示
Lv3⇒臨時クエスト表示（NEW！）
Lv4⇒緊急クエスト表示（NEW！）

Lv5⇓？？？？？？？？

●リズの能力値

体　力：68（UP！）

筋　力：103（UP！）（＋50％）

防御力：130（UP！）

魔　力：149（UP！）

敏《びん》捷《しょう》：88（UP！）（＋50％）

抵抗力：103（UP！）

残ステータスポイント「＋2（UP！）」

スロット1：料理Lv6

スロット2：忍び足Lv5（UP！）

スロット3：なし

スロット4：なし

スロット5：なし

スロット6：なし

●称号「お兄ちゃんッ子」

⇓重度のブラコン。兄がそばにいる時の回復速度150％上昇

ステータスのうち、筋力、敏捷が上昇

※　※　※

スキル【依頼の道標《クエストマーカー》】Lv4（UP！）

能力：CPを使用することで、受注したクエストをマーキング表示する。

Lv1近親者クエスト表示は、近親者間に発生したクエストを表示する。

Lv2基本クエスト表示は、ギルド等で受けたクエストを表示する（下級に限る）。

Lv3臨時クエスト表示は、突発的に発生したクエストを表示する。（ギルドが介入した場合は、ギルドランクに則る）（NEW！）

Lv4緊急クエスト表示は、強制的に加入されたクエストを表示する。（ギルドを通した場合は、ギルドランクに則る）（NEW！）

※　※　※

「……ぶほっ!!」

思わず吹き出すクラウス。

……な、なんあななな、なんじゃこりゃ……!!

「うげ……！」「つ、つよ……！」

背後からメモを覗《のぞ》き込《こ》んでいたメリム達も唖然《あぜん》とするステータスだ。

そして、

「しかも、ブラコンって……」「しかも、ブラコンねー……」

じー。……不躾《ぶしつけ》に見つめるティエラとミカの視線に気付いたのか、ふとメモに目を落とすリズ
――。

「…………へ？　ブラコン？　ブラコンって――あ……。き、きゃぁぁああああああああああああ
ああ!!」

シュババババ!!

慌ててメモを奪い返すリズ。……おっほぉ、顔真っ赤やで、リズぅ。

「ううう、見られたぁぁ」

しくしく、と涙するリズ。

……ふふ、ええやん、ええやん。お兄ちゃんは気にしないぞ。むしろ嬉《うれ》しいぞー。

っていうか、メモ書く時に気付こうね、リズたん。

「いや、まぁ知ってるけどさー」

「そーねぇ」

納得のメリム達。

「そんなの見てりゃわかるわよぉ――あ。あと、クラウス、アンタ……キモイわよぉ」

うっせぇぞ、性悪女。

「だれが性悪女よ!!」

心読むなよ……。そして、そのまんまの意味だよ！

「だから、顔に書いてあんのよぉ!!」

うるせぇなーどんな顔だよ、それ。

「ま、それよりもこれでクエスト達成だろ？」

「……あ、そうか！　フィールドオーバーの原因がこの群れのせいだって言うのなら——」

顔を見合わせるクラウスとメリム。そして、徐々に勢いづくと————！

「「…………ぃぃぃぃい、よっしゃぁぁぁああああ！」」

クエスト達成ッ！

「へへ、終わってみれば呆気《あっけ》なかったな」

「そうだな。……って、メリム、てめぇ泣きべそかいてたくせによく言うぜ」

「な、泣きべそはかいてない！　……そ、それよりも、ほらぁ！　さっさと回収に行こうぜ」

回収？

「……おいおい、しっかりしてくれよー。決まってんだろ！　エリクサーだよ、エリクサー!!　こいつらが言うには、ゲインが持ってるんだろ？」

こいつら——⁇

あー……ベビーアークワイバーンとミカの傀儡化死体《パペットボディ》の戦闘に巻き込まれてズタボロになったグレン達のことか。

うん、一応生きてるみたいだな。

「あぁー、そうだったな。俺もシャーロットを探さないと……」

無事だといいけど。

「……え？　お兄ちゃん、クエスト達成って？」

「ん？　そりゃぁ」「なぁ？」

首を傾《かし》げるリズに、クラウスとメリムが顔を見合わせる。

あ、そうか。そういえばリズには詳しく説明してなかったっけ。

「クエストだよ、クエスト」

「そーそー。フィールドオーバーの原因を探るのが僕達の任務なんだぜ」

そして、ベビーアークワイバーンを全滅させたんなら、当然クエストは達成――……。

「え？　達成してないよ？　――だって、ほら」

「へ？」「はぃ？」

リズの目に映る世界。

その目を覗き込むようにして、指さす先を見るクラウス達は――。

「……な、何が見えてる、リズ？」

「お、おいおい。冗談やめてくれよ――さっきので全滅、だろ？」

タラタラと汗を流すクラウス達。

だ、だって……あのアークワイバーンの子供だぜ？

そんな超激やばモンスターを殲滅《せんめつ》したら、普通はそこでクエスト完了――……。

「へ、へへへ、おめでたい野郎だぜ」

「そ、そーねぇ。考え甘過ぎて、反吐《へど》が出るわ」

あ?!　何だテメェら！

横合いから茶々を入れる不届き者を睨むと、グレン達がぐぐ……と体を起こしながら皮肉気に顔を歪《ゆが》めていた。

そして、

「俺たちが、あんなチビどもから逃げるためだけにパーティを抜けたと思ってんのかー」

「ふん！　そんなわけないでしょー」

ぺっ！　悪態を吐《つ》きつつ、ニヤリと笑うグレン達。いったい何を言ってるんだか。

「あ？　違うってのか？」

ふんッ！

「……あんな雑魚モンスター、束になっても負けるはずないでしょうが‼」

「そうさ、俺たちが逃げてたのはなぁ……」

「あーそういうのもういいから──」

──ズンッッ！

パラパラパラ……。

「ん？　なんだぁ？　……じ、地震？」

突如、フィールド中に響き渡る振動にクラウス達がキョロキョロと周囲を見渡す。

「お、おかしいわね、フィールドで地震なんて、聞いたことないわ？」

長生きしているティエラもこう言って──……ゴンッ！

「いッ！」

「デリカシー！」

そ、そうだったそうだった。エルフに歳のこと聞くのはNGだったな……さーせん。

と、それはさておき──、

「さておくなし」

──この地方では地震自体、稀《まれ》なものだ。

「そうよぉ、実際、『空を覆う影の谷』で地震なんて起こったことないわよ。だから、これだけの洞窟があるんでしょ～」

ミカのくせに、ごもっとも。

ここのフィールドに馴染《なじ》みのあるミカが言うのだ、間違いではなさそうだ。

「じゃあ、なんだっつーんだよ？」……だが、そうするとこれはいったい──。

「へ？　あ、え……とー。そ、そりゃあ………」

キョドキョドと目を泳がせるミカであったが、

「……な、なにかしらぁ？」

「「「ずるぅっ！」」」

とズッコケる仲間たち。

「知らんのかーい」

「あ、あはは、ミカさんらしいね」

いや、リズちゃん？　それで済ましちゃ試合終了ですよ？

リズちゃん、ここまでレベリングと護衛してくれたせいか、ミカにはめっぽう甘くないですか？

……そいつただの性悪女ですよ。

「しつこい！　性悪ちゃうわよ！」

「「いや、性悪でしょ？」」

　ムッキー！

　クラウスチームに総ツッコミされたミカが動かない体で地団太地団太！

「ま、まぁまぁ。それより、ねぇ、地震の原因って…………もしかして、あれ、あれのこと⁇」

「「あれ？」」

　あまり危機感を感じさせない声で、奥を指しながらリズが言う。

　そういや、さっきも何か奥の方を指さしてたっけ？

　だけど、その先にあるのって――……壁⁇

「んん？　壁がどうかしたのか、リズ？」

「壁じゃなくて、その先。この地震って多分あれが原因だよね？　その……なんていうか、すっごい大きいマーカー《モンスター表示》があっちから来るよ？」

　は⁇

「お、大きいのが、」

「あ、あっちから……来る？」

　なんのこっちゃ、と顔を見合わせるクラウスとメリム。

　そして、思い出したようにグレン達を見下ろすと、

「へ、へへへへへ。もう遅いっての」

「ふ、ふふふふふ。だから、さっきから何度も言ってるでしょ――」

すぅぅ、

「「もっとヤバいのがいるってなぁぁぁ！」ねぇぇぇ！」

グレンとチェイルがそう啖呵《たんか》を切ると同時に、突如！

そう、まさに突如――――！


――――ドガ――――――――ン！


「ど、どわぁぁぁあああ！　な、なんだぁぁあ！」

「げほっ、ごほっ！　か、壁が抜けたみたいだぞ、クラウス！」

メリムの言う通り、前方の壁がぶち抜かれたのか、大量の土砂がまき散らされ、洞窟全体が崩れんばかりに振動する。

「わ、わわわ！　あぶないリズ！」

「きゃ！」

「僕も庇《かば》えよ！」

反射的にリズを抱きかかえると、メリムもなぜか足元に潜り込む。

そうして、なんとかまき散らされた土砂の第1波を凌《しの》ぐと、濛々《もうもう》と埃が舞い上がり洞窟内にむせ返るほどの土のにおいが立ち込める。

そこに交じる、何ともいえない獣臭――。

ズンズンズン！

ズンズンズンズンズン！


「な、なんだぁ、この地響き⁈」

「ごほごほっ。……お、おい！　なんか、こっちに向かってきてねぇか！　――あ、そうだ！　お前ら何か知ってんだろ！　言えよッ」

咳《せ》き込《こ》みながらグレン達を摑《つか》み上《あ》げたメリム。

すると、

「ばーか！　1個だけ教えてやらぁ。……お前らが戦ってたのは、ベビーだよ、ベビー！　ベビーアークワイバーン」

「は？　ベビー？　そりゃ、あのサイズだから赤ちゃんだってのはわかるわい！」

馬鹿にすんなとばかりにメリムが締め上げるが、ふとクラウスが気付く。

「ま、まてよ――ベビーってことは……」

つまり、アークワイバーンの子供なわけで……？

子供ができるには――――……。

「今さら気付いたの？　……相変わらず、アッホねぇ！　そうよ、ベビーがいるなら――」


ズンズンズン！

ズンズンズンズンズン！

ズンズンズンズンズンズンズ────────ン！

「………………親《マザー》もいるに決まってんだろうが！」でしょうが！」

第11話「親御さんによろしく」

『ルロォォォォォオオオオオオオオオオオ＄＆％＃＄％＆＄％!!』


ビリビリビリビリ！

洞窟全体に響き渡るほどの蛮声に、クラウス達が一斉に耳を塞ぐ。

「うるせ！」

「お、おい！　クラウス……な、なんだよ、あれ！」

「俺が知るかっ！」

ヒシッ！　としがみつくメリムを引きはがしつつ怒鳴り返す。

……とはいえ、何やら見覚えのあるシルエット。

（おいおい、マジかよ……！）

ズンズンズン――――ブワァ！　足音とともに、埃《ほこり》を吹き払うように巨体が現出！

その御姿《おんすがた》よ！

「げ！」

「やっぱりあれは――――……！」


「「アークワイバーン⁉」」

『ルロォォォォオ$&%#$%&$%!!』

圧倒的質量！　圧倒的武力！　圧倒的進化！

そう、そこにいたのは、あの日、あの時、あの瞬間にクラウス達の住む辺境の町を焼き尽くした厄災の芽こと、アークワイバーンそのものであった！

「ひぃぃいいい！　き、来たぁぁぁあ！」

「き、きゃぁぁぁああ!!　もう終わりよぉぉおお！」

そいつの出現に満身創痍《まんしんそうい》のグレン達がバタバタと逃げ出そうとする。足がボロボロに、腕がバキバキになろうが、とにかく逃げようとする！

「お、おい！　勝手に逃げるな、バカ！」

「やかましい！　ア、アア、アイツに全員やられたんだよぉぉ！」

あわてて逃げ出したグレンが足をもつれさせてチェイルとともに倒れこむ！

「ギャ！　じゃ、邪魔よ、どきなさい木偶《でく》の坊《ぼう》──ちっくしょぉおおお！　は、早く、逃げなきゃ、ゲインやシャーロットの二の舞よぉぉおお！」

……は？

「い、今なんつった?!　シャ、シャーロットがやられたのか?!」

「なんだってぇえ！　ゲ、ゲインがってことは──エリクサーもか?!　おい、嘘《うそ》だろぉ！」

──聞き捨てならない言葉が聞こえて目を剝《む》くクラウスとメリム。

「だから言ってるでしょぉぉお！　皆アイツにやられたから、逃げてきたのよ!!　第一ねぇぇえ

──」

何かピーピーとチェイルが宣《のたま》っているがそれどころじゃない！

っていうか、なんであれがもう一体いるんだよ‼　だが、産卵やら、産卵場と聞いて、最初から感じていた違和感の正体はこれか……！

「──そりゃあ、父ちゃんか、母ちゃんがいるわなぁぁぁあああ！」

至極当然の理屈！

──しかし今さら気付いても遅過ぎる！

それを後悔する間もなく、お馴染《なじ》みのブレスが、キュバァァァッァアアア！　と、ぶっ放された！

「どわぁっぁあ、あぢぢぢぢぢ……！」

その射線にいたのはメリム！　しかし、さすがはメリム！　我らがメリム──得意の【直感《インスピレーション》】で直撃コースを察知したのか、かろうじてその一撃を躱《かわ》した！　ゴロゴロゴロ！

「ナイスメリム！」

「ナイスじゃねぇ、あちちちちち！」

転がって躱したはずだが、範囲攻撃は半端じゃない！　おかげでメリムの尻に火がついてピョンピョン跳ねる。

「わわわ、燃えてる！　メリムさんのお尻が、あわわ、み、水、お水ぅぅ！」

バシャ！　慌てて、水筒の水をかけて尻の火を消火するリズであったが、

「あ、ごめん、お尻丸見え──」

ぷりーん♡

「ひゃあああ！　なんちゅうことをぉぉお！　――ぎゃあああ、クラウス見てんじゃねぇぇぇ‼」

見てねぇわ、そんな汚いもんッ！

「き、汚くないわーい！」

ばーか‼

「漫才してる場合じゃないわよ！　今は逃げるわよ‼」

ずっと機会を窺《うかが》っていたティエラがむんずとグレン達を摑《つか》むと、クラウス達に撤退の合図！

「そ、そうか！　俺達の任務はフィールドオーバーの原因を探ること――……つまり、」

……これほど明確な答えを摑めば任務達成！

「そういうこと！　となれば――三十六計」

「逃げるに如《し》かず！」

行くぞ、リズ！　と……ついでにメリム！

「きゃ！」「うひゃあぁ！」

「黙ってろ、舌をかむぞ！」

ムンズとリズとメリムを小脇に抱えて駆けるクラウス。

そして、ティエラを先頭に、ミカが殿《しんがり》を務め、グレン、チェイルが担がれていく！

「あの巨体じゃ、洞窟内はそうそう素早く動けないわ――だから、振り返らずに……」

……走って！

「――う、うぉぉおおおおおおおおおおおおお‼」

走れぇぇぇっぇぇぇえええええええ‼　止まったら死ぬぞぉぉぉぉお‼

「ぎゃぁぁぁああ！　クラウス、後ろ後ろ！」

「やかましいメリム！　振り返るなって言われてんだろ！」

「ば、バカやろぉ！　お前が適当に担ぐから前を見たら＝《イコール》背後が丸見えなんだよぉぉお！　……って、ケツ見るなつってんだろ！」

メリムを丸太担ぎしたせいで、むき出しのケツがクラウスの真横に――……うわ、全然うれしくねぇ！

「どういう意味だよ！　って、ぎゃぁぁああ！　来てる来てるぅぅうう！」

メリムの悲鳴もさることながら、凄《すさ》まじい破壊音が背後から聞こえてくる！

そして……！


キィイイイイイ…………ン！


突如、周囲の地面から小石や瓦礫《がれき》が浮かび上がり、青白い光が湯気のように立ち上る。

「おわ、おわわ！　クラウス、なんかやばい！　こ、これって……魔力の蒸発現象だぞ――やばいッ！　やばい……！」

やばいッッ！

「収束したブレス《メガランチャーブレス》が来るぞぉぉぉおおおお！」

メリムの解説で逐一わかる戦況！

どうやら、あの化け物は、巨体ごと洞窟を破壊しながら迫りくるようだ！　その破壊音といったらまるで、爆発するかのごとし！

それでも詰まらない距離を見るやいなや、得意の遠距離攻撃で一気にケリをつけるつもりのようだ……！

「ちぃぃ……！」

こんな閉鎖空間で撃たれたら躱しようがない！　………なにより、ここにはリズがいる――――！

「させるかよッ！」

……ズザァァア！

そう思ったが最後、クラウスはスライディング気味に停止すると、メリムを下ろして、リズを預けるとクルリと向き直る。

「クラウス?!」「クラウス！」「お兄ちゃん」「アンタぁ」

メリム、ティエラ、リズ――そしてミカの４人が驚いて足を止めると、クラウスは手をバッ！とかざして先に行けと促す。

そして自らは、あの厄災の芽と対峙《たいじ》する。

「…………行け！　逃げろ――そして、メリムとティエラ！」

「リズを──頼む！」

「お、お兄ちゃん！」

リズの悲痛な叫びを断ち切るように、シャキンッ！　と短剣を鞘《さや》引くと、半身に構えるクラウス。

すぅ、はぁ……すぅ、はぁ……と、静かに息を吐くと、くわっ！　と目を見開いて一気に言う。

「いいから行け！　コイツは……」

すぅぅ────。

「俺が倒す！」

ばば──ん！

……そう、言い切ったクラウスであるが、それは悲壮な覚悟ではなく、必勝の信念でアークワイバーンに対峙する者の目であった。

（そうとも、悲壮なもんか。そして、必死でも決死でもない！）

……クラウスは勝てる！　だから必勝────！

なぜなら！

そう、なぜなら！

──自動戦闘は、一度戦った相手と、必ず自動的に戦闘できる。

つまり、

「てめぇなんざ《アークワイバーン》、俺の敵じゃねぇぇえええええ！」

スキル、『自動戦闘』起動ッ!!

——ブゥゥゥン……！

宙空に浮かぶステータス画面をすかさずタップ！

「——ふんッ！　今日は何時間もかけないで始末してやらぁぁぁ!!」

あの時とは違って装備は充実！　しかも、レベルは段違い！

そうとも……勝てないはずがないッッ！

だから、

「すぅぅ……————死ね、アークワイバ」

※　※

《戦闘対象：　》
⇓戦闘にかかる時間

※　※

…………。

……。

「は────?!?!」

……え?

な、なんで?

「ど、どうして……!?」

ブゥン……。

※　※

《戦闘対象:
⇓戦闘にかかる時間　》

※　※

「な、」
な、
な、
なんで、

なんで、

「なんで、表示が出ねぇんだよぉぉぉぉぉおおおおおお!!」

――キュバァァァァァァアアアアアア！

「クラウスぅぅぅぅう！」

「うわぁぁあああ！」

ドンッ!!

ゴロゴロゴロゴロ……！

「いで！」

「あちちち……！　また、ケツぅ！」

生ケツが焦げる嫌な臭いに顔を顰《しか》めるメリム。……どうやら、【直感《インスピレーション》】で危機を察知してくれたらしい。おかげで助かった。

助かったんだけど――。

「ば、馬鹿やろう！　何ボーッとしてんだ！」

「い、いや、そうじゃない！」

そうじゃないんだ！

「そうじゃないって、おまッ」

「くそッ……。ど、どーなってんだ？　なんで、『自動戦闘』が効かない？」

正確には効かないというよりも、反応しない。

「は、はぁぁあ?! お、おお、お前、あれ、前に倒した奴《やつ》じゃん!」

「そ、そうなんだけど……。畜生、どうなってんだ?!」

【自動機能《オートモード》】は、無敵のスキル。

一度体験したことなら、自動で遂行可能。

……そのはずなんだけど――。

予想外の事態に困惑するクラウスであったが、意外なところから回答が飛び込んできた。

そう……。

「ば、馬鹿やろう!! お前には、あれがアークワイバーンに見えんのかよ!」

「そうよ!! 私らをバカにしてんの?! 私らだってねぇ、対策してんの! ……二度も同じ相手に負けるはずないでしょ――!」

そう言って激昂《げきこう》するグレン達、もはや身動きもできないほど満身創痍だが、減らず口だけは最後まで健在――。

……っていうか、アークワイバーンじゃない?

しかし、あれはどう見てもアークワイバーン…………………か?

「あ、あれ?」

ずん、ずん、ずん……。

ずんッツッ――――……!

『ルロォォォォォオオオオオオオオオオ$&%#$%&$%!!』

必殺の一撃を躱されたことで、苛立たし気に咆哮《ほうこう》する化け物がついにクラウス達を直接攻撃できるまでに最接近！

そして、その時に初めてその、、、御姿が――奴の全身があらわになる。

「うげ！」

「げぇぇぇ！」

な、なんだありゃ……。思わず後ずさるクラウス達。

……一言でいうなら、無数の頭部に手足だろうか？　――それらが無茶苦茶な比率で、あらゆる魔物が煮えたぎるように融合した生物。

「おえええええ！　なんだありゃ……」「き、きもぉぉおお！」

思わずヒシッ！　と抱き合うクラウスとメリム。

だって、あんなの見たことない――――っていうか、何だよあれぇぇえええぇ！

「バ、バカな……。あ、あれは――」

どさりとグレン達を取り落としたティエラが顔面蒼白《がんめんそうはく》でつぶやいた。

異形の化け物にして、カテゴリー不明級の超々レア……いや、超ユニークモンスター！

その名も、

「カ、カオス……キメラ――」

第12話「カオス・キメラ」

「カオス……キメラ？」

なんだそれ？　と聞く間もなく、ティエラがクラウスの襟をむんずと掴《つか》んで背後に放り投げる。

「ぐげ！」

「ぐげ！　じゃないわ――……逃げるわよ！」

クラウスと入れ替わるようにスイッチしたティエラは、殿《しんがり》を務めると言わんばかりに短刀を構える。

だが、その手が小刻みに震えている。

「お、おい！　なんだよ、急に！」

「いいから逃げるわよッ！　アタシらみたいな中級冒険者でどうにかなるクラスの魔物じゃないの！」

「は?!」

その中級をここに送り込んだのお前らじゃん！　……という言葉を、グッと飲み込むクラウス。

どう見ても、茶化す場面ではない。

「奴《やつ》の名はカオス・キメラ……！　蠱毒化《こどくか》の果てに生まれたボス級モンスターの下剋上《げこくじょう》の、ない、いのはてよ――……！」

な、成れの果て?!

その言葉に、クラウスがふと思い出したのが、かつて辺境の町の地下に巣くっていた超々危険モンスター、悪魔の屍肉鬼《デモンズグール》のことだった。

あれもグールを食らいまくって進化した特殊個体だったが、それのさらに特殊個体がコイツなのだろう！

「よくもまぁ、こんなのを生み出してくれたわね……あんたらぁ！」

「ひっ！」

「し、知らないわよ！」

ティエラが憎々しげに睨《にら》みつけると、白々しくそっぽを向くグレン達。

「これはもう、私たちの手に負える状況じゃないわね……。王国騎士団――……いえ！　正規軍全部とSランク冒険者を総動員しなけりゃならない事態よ！」

「は?!　そんなにか！」

王国正規軍って……戦争でも始める気かよ！

「戦争の方がましよ！　少なくとも、人間同士の戦いなら、いつかはケリがつくからね！」

だけどこいつは違う……。

こいつ、カオス・キメラは全てを食らい、全てを融合し、全てを己とする生物災害《バイオハザード》！

つまり――！

「時間をかければかけるほど被害は甚大となる――いえ、下手をすれば……」

「世界を飲み込む！」

――んなッ！

冗談に聞こえないティエラの言葉。

いや。それほどにまでヤバいモンスターなのか⁉

全てを食らい、全てを融合するってことは、魔物や冒険者もドンドン飲み込まれていくってこと⁉

「ん？　…………ああああああああ！　おい、クラウス、あああああ、あれぇぇぇぇ‼」

「でっけぇ声出すなよ、メリム。あれってなんだ…………んなぁぁあ⁉」

その、巨大な化け物の足元。そこにグチャグチャにくっついた魔物の中に見覚えのある人影が

――……って！

シャ、

「シャーロット⁉　それに――」

「げぇ……！　やっぱりそうか！」

メリムが見つけたのは間違いなくシャーロットだった！

いや。いたという表現が果たして正しいのか――。まるで、下半身が飲み込まれるようにして、魔物の体に埋没したシャーロット。ほかにも、『特別な絆《スペシャルフォース》』所属の傭兵《ようへい》らしきバラバラの体も見える。

「ま、マジかよ、おい‼　飲み込むって、うげ……！　い、生きてるのか……？」

「う……」

ピクリ。

「げげ！　み、見ろよクラウス、あれ！　あ、あの女まだ生きてるぜ！」

メリムが目ざとく、シャーロットが身じろぎしたのを見逃さない。

「な、なに！」

「……ホ、ホントだわ」

く！　だけど――あんなの相手にどうしろって……。

「まだ間に合う……。クラウス！　一瞬だけでいいから気を引きなさい！」

言うが早いか、ティエラが短刀を構えて突進の構え。

「へ⁈　い、一瞬って――……。どうやって、」

「いいから！　やれぇ！」

ゲシッ！

「あだー！　け、蹴るなよ！　って、のわぁぁぁぁあああ！」

目、目が合っちまった……。

蹴りだされたのがよりにもよって、カオス・キメラの中でもひときわ存在感を誇るアークワイバーンの頭部。

グルルルル……。

「ひぃぇぇええ！」

「お兄ちゃん！」「クラウス！」

心配するリズ達の声もさることながら、生温かい吐息に、カオス・キメラの視線を熱く感じるクラウス。

いっそ逃げ戻りたい気もしたが、その視線の先に青い顔をしたシャーロットを目にしてしまった。

……………ええい、ままよ！

「今よ、クラウス！」

「わーってるよ！　……くらえ！」

はぁぁぁああ――――！　「ふんっ……！」昔、カッコつけて取った魔法の威力を見よ！

「下級中の下級魔法『火球《ファイヤボール》』ッ！」

ぶわっ！　と、構えた両手に魔力の灯がともる！

普段は、魔力があってもほとんど使わないネタ枠の魔法だ。ネタなだけに練習だけはしてたんだよ！　……こんな風になぁぁ！

「連射ぁぁぁああ！」

目が合ったのを幸いとばかりに顔面らしきところに向けて、なけなしの魔力とほとんど使わない下級魔法を連射！

ポポポッポポポポポポーン！

「おらおらおらおらおらぁぁぁあ！」

小爆発に、文字通りに火花が飛び散る派手派手なエフェクト！　それを、連射につぐ連射！

……なんたって、下級魔法！　魔力消費もほとんどないからなッ！

「はっはー！　どうだ、ビビった――――」

って、効いてねぇぇぇぇ！

一撃どころか、１ミリもカオス・キメラに到達することなく、周囲を漂う魔力に阻まれて傷一つつけられていない。

それどころか、

『――ルロォォオオオオ$&%#$%&$%ッッッ！』

「うひぃぃ！」

ビリビリビリビリ……！　と腹に響くカオス・キメラの咆哮《ほうこう》をまともに浴びるクラウス、ブルンブルンと肌が粟立ち、髪がすべてオールバックになっちゃってます――……。

「……うん、無理！」

――すんまっせーん！


ずるぅ！


一目散に駆け出すクラウスの姿に盛大にズッコケる仲間たち。

「だ、だせぇし、はぇーぞ、クラウス！」「お、お兄ちゃんかっこわるい……」

うるせぇ！　あんなんに敵《かな》うかボケ！

つーか、笑うな！

「いいえ、笑わないわ……よくやったわクラウス！　――ここまで近づけばこっちのものよっ！

……はぁぁぁあ！」

利那、ズバァァ――と、低く低く踏み込んでいたティエラが、音もなくカオス・キメラに近づくと、愛刀をふるうッ！

そして、ブチブチブチィ！　と、肉の中に埋もれたシャーロットを、カオス・キメラの表皮ごと引きちぎると、その勢いをも利用して、バックステップでカオス・キメラから距離をとるティエラ！

次の瞬間、振り返るや否や、クラウスに押し付けるように、シャーロットをぶん投げると――。

「オーケー！　援護して！　……しかるのち――」

すぅぅ、

「そ、総員退避――――――――――ッ！」

「「「んなぁぁあ！」」」

その声が響くや否や、カオス・キメラの瞳が怪しく輝き、奴の体の周囲を覆う魔力がバチバチと帯電する！

げ！　なんか来る！

「ひ、ひぇぇぇええ！　クラウスなんとかしろよぉ！」

「無茶言うな！　俺に何とかできたら、最初から何とかしとるわ！　つーか、走れぇぇぇええ！」

「お兄ちゃんが怒らせたからでしょぉぉおお！」

「えー?!　俺のせいー?!」

バチバチバチバチバチッ！

――って、く、来るぞぉぉおお……！

「「「うぉわっぁぁあああああああああああああ！」」」

チリチリと肌を焼く熱をこの距離からでも感じるほど強烈な熱量に、カオス・キメラの無尽蔵の魔力につられて周囲の小石がフワァァと浮かび上がる！

「こ、これはまずい……！」

何がまずいか知らんが、まずい！

今、空間はカオス・キメラが操る魔力で満ちて、パンパンに膨れ上がっている。

つまり、これから、この空間は――……！

――ば、爆発するぞぉおおおおお《ファイア・イン・ザ・ホールド》！

「く！」

せめて……！

ギュ……。思わずリズ、メリム、そして、シャーロットを抱きしめて、せめて少しでも守ろうと腕に力を込めたクラウスであったが、パチクリ。

「……え？　シ、シャ――」

一瞬クラウスと目が合ったシャーロットであったが、ニュルンと、クラウスの脇から顔を出すと眠たそうな眼のまま、すぐに状況把握。

「どいて」

「うぉ?!」

クラウスを押しのけたシャーロットがふらりと立ち上がると、いつもの猫ダンス。

「えーい。──【空間操作《スペーススポーク》】Lv3『空間収納』おぉぉー」

にゃんにゃんにゃーん♪

緩めにシャーロットが腕を振るうとそこにボヤァッと空間のゆがみが生じていく。

「な、なんだそれ！」

「いいから、顔出さない。逃げるよ？」

そう言ったが最後──！


チュバ────────────────ン！


ついに限界まで膨れ上がった魔力が爆発！

全てをなぎ倒さんとする！

「どわぁぁっぁあああああああ……って、あれ？」

「ぎゃ────死んだぁっぁあ……て、あれ？」

クラウスとメリムが絶叫し、しがみつくも、いつまで経《た》っても強烈な熱がやってくることはなかった。

「あ、あれ？」

「ど、どうなって……」

キョロキョロと見回すと、その場にいた全員が生存し、ボケッと焦点の合わない目をしている。

一人、猫のような少女を除いて。

「ふふん。私のスキル便利でしょ」

にゅるん、と、空間が元に戻る。

え？

あ？

え？

「『空間収納』は対象を異空間にしまうことができるスキルだよ？　普段はお菓子とか入れてるけど、少しの間ならこうして、別空間に避難もできるんだよ！」

エッヘンと、そこそこある胸を張るシャーロット、ごんっ！

「いっだ！」

「お兄ちゃ～ん……」

な、なによ、リズたん！　ちょ、ちょっと、見ただけでしょ！

「ちょっと？　もっと見てもいいよー。どうせ服ボロボロだし――」

「いや、み、見ないって！」

シャーロットちゃん、服ペローンってしない！　っていうか、いつの間にか、くっ付かないでー！

い、義妹《いもうと》が見てるのぉぉおお！

「う～♪　クラウス、クラウス～♪　来てくれると思ったー」

あー！

だ、抱き着くなぁっぁあ――――みんな見てる……。って、ひぇぇえええ！　リズさぁっぁああん！

「じとー」

「ちがうちがうちが」

あうあぅ、舌が回らない——。

「……帰ったらお話聞くからね」

「おっふ……はいっす」

おいっす、ちょりっす、了解っす……。

べ、別にやましい関係ではないけど、リズたん、クラウスさんに女の影がちらつくとめっちゃ怖いのん。

……って、そうじゃない！　そうじゃないよ！

それよりも一回仕切り直し！

「ええ、放せぃ！」

ぴったりくっ付くシャーロットを軽く引きはがして、二の腕を掴んで正面から見る。

「シャ、シャーロット。……おまえ、無事なんだよな？　体、怪我《けが》してないか?!」

矯《た》めつ眇《すが》めつ——……あ、服マジでボロボロやん……っていうかドロドロ？

カオス・キメラのエッチ作用で溶けた的な？

「ん？　まー……無事ではないけど、生きてるよー。クラウスありがとー！」

ぎゅー！　ぐりぐりぐり！

いつもの猫仕草のシャーロット。全身ボロボロで、衣服が溶けかかってはいるが、とりあえずなんとか大丈夫そうだ。……って、ひょえぇぇぇ！

「だ、だぁ！　離れろ！　この！」

再びリズの視線を感じて、飛び起きるクラウス。

「むぅ、なんでぇ？」

「なんでもだよ！　だいたい、それどころじゃねーだろうがぁ！」

あれ！

――ビシィ！

見ろよ、あそこにおわす巨大モンスターが見えないの?!

「ん～？　あんなの、いいいクラウスなら倒せるってー」

「倒せるか、ばーか！」

【自動機能《オートモード》】が反応しないいんじゃクラウスにできることはない！

「そんなことないよー」

そんなことあるの！　も――――！

「それより。……おい！　ティエラ！　どうする?!」

「どうするも、こうするも――」

ぶんっ……！　残り僅《わず》かとなった虎の子の煙幕を投げつけると、少しでも時間を稼ぐ。

カツンカツン――コロコロコロコロ……ぶしゅううううう！

「――逃げるわよ！」

そうだ。ここは撤退一択！

戦っても勝てるはずもないし、負ければ敵が巨大化するだけ。

「……なら、私たちにできるのは一刻も早く情報を持ち帰ること。すでに、当初の目的は達成したからね！」

「だな！」

よーし、そう来なくちゃ！

こっちもシャーロットを救出できたし、フィールドオーバーの原因もほぼ特定——長居は無用！

「全員集合！　シャーロットを中心に防御陣形……。いい？　カオス・キメラを刺激しないように、ゆっくりと後退するのよ！」

クルクルと頭上で腕を回して、メンバーを集めるティエラ。シャーロットがいるなら、カオス・キメラの攻撃も防げるという算段なのだろう。

しかし、

「え？　行っちゃうの？　……だ、駄目だよ、まだ、レインがいるよ？」

「な、なに？」

レイン……って、あの、レインさん？

いつもの眠たげな平静の声で言うものだから流してしまいそうになったが、クラウスは思わず、聞き返す。

だって……。

「シャーロットどういうことだ？　あの人がどうして——」

通称：『赤い腕』レイン。

歴戦の傭兵にして『特別な絆《スペシャルフォース》』の戦闘担当だ。クラウスにとっては、かつてお世話になった教育係でもある。……彼女だけはハズレスキルと蔑まれたクラウスに、本当に真摯に向き合ってくれた恩人でもある。

そのレインさんがどうして？　……いや、そういやほかのメンバーは？

グレンやチェイルはともかくとして、ゲインや、大勢の傭兵は——？

「あそこだよ。ねぇ、どうしようクラウスぅ。レインが……レインが……」

いつものように眠たげな声だが、その目に涙を湛《たた》えるシャーロット。

まだまだ本調子じゃないのか、ふらつきつつも、それでもしっかりと自分の足で立つと、クラウスに摑みかかるようにして懇願するシャーロット。

「あ、あそこって、おま——」

……まさか。

「うぅー。レインは、私を庇《かば》って飲み込まれちゃったんだよ！　うわー————ん！」

「んな⁈」
マ、マジかよ！　どこに——……。
「うげ！　マ、マジっぽいぞ、クラウス……！　あそこ見ろよ！」

メリムが指さす先。ティエラの投げた煙幕でこちらを見失ったカオス・キメラが右往左往する中、一瞬だけ視界が晴れてその姿が見えた。

そこにはなんと、シャーロットがいた方とは逆の、バラバラになった傭兵の死体の中に、見覚えのある人物が一人！

「げぇ、あ、あれって……！」

そう、そこには果たして、クラウスが『特別な絆《スペシャルフォース》』時代に世話になった教官役のレインが、まさにそこに埋もれるようにして融合しているではないか！

しかも、先ほど救出できたシャーロットとはあきらかに融合の度合いが違う。

「……お、おいおい、お前らいったいなにやってたんだよ！　なんで全員カオス・キメラに捕まってんだよ！　つーか、もしかして、ゲインもあの中かぁ？」

次々に、魔物や冒険者を飲み込み巨大化していくカオス・キメラ。最恐にして最悪の魔物――。

そんな化け物相手に、いったい、彼女らに何があったというのか――……。

第13話「ユニークスキル vs. ユニークスキル vs. ユニークアイテム」

「えええええええ！　な、仲間割れぇぇぇ？」

煙幕で時間稼ぎをしつつ、シャーロットに最低限の治療を施す間に事情聴取をしたクラウス達。

幸いにもカオス・キメラの感覚器官は鈍いのか、視界を覆ってしまうと、クラウス達をあっという間に見失ったらしい。

多数頭部を持つだけに、意識が拡散するのかもしれない。

「うん……。ゲインが暴走しちゃって……。レインは一生懸命止めてたんだけど、無理だったみたい」

むぅー、と頬を膨らませたシャーロットは、憤懣《ふんまん》やるかたないといった様子。

曰《いわ》く、ただのアークワイバーンだと思って総攻撃を仕掛けたはいいが、その時にはすでにフィールド内での蠱毒化《こどくか》作用により、卵を産んだであろうもう一匹のアークワイバーンはカオス・キメラ化していたらしい。

そのため、せっかくのアークワイバーン対策も用をなさず、あっさりと敗北した『特別な絆《スペシャルフォース》』の残党達。

形成不利を見て取ったグレン達はさっさと脱走したようだが、ゲインのプライドはそれを許さなかったのだとか。

「バッカだなー。だけど、その様子だとゲインってのはコテンパンにのされたんじゃないのかー。

けけけ」

散々迷惑をかけたゲインがやられたらしいという話を聞いて意地悪そうに笑うメリム。

だが、そんな単純な話のハズがない。

「それでどうなった？　ゲインがそう簡単にやられるとも思えないが？」

クラウスはゲインのしぶとさを知っている。

そのプライドの高さを知っている。だから――。

「うん……。そしたら、ゲインの奴《やつ》とんでもない行動に出たんだよ！」

プンプン！　と激おこのシャーロットが語るゲインの所業。

それはいったい……。

※　数刻前――　※

ドカ――――ン！

「「ぎゃぁぁぁあああああ！」」

出現したカオス・キメラに鎧袖一触《がいしゅういっしょく》で吹き飛ばされる『特別な絆《スペシャルフォース》』の面々。

強敵の出現に、グレン達は早々に逃亡し、僅《わず》かな手勢を残して、ほぼ壊滅してしまう。

「く、くそッ！　なんだあれは?!　アークワイバーン対策に、大量の対ドラゴン装備で身を固めて
いたはずの部隊が全滅するなんて……！」

濃密な血煙の中、顔を顰《しか》めるゲイン。

「……あ、あれは、おそらくカオス・キメラです！　私もうわさでしか聞いたことがありません、カテゴリーSSS級の化け物ですよ！」

「カオス・キメラだぁ？　な、なんだそれは！」

聞いたこともないというゲインに、戦場伝説の類いとして語られていることを、訥々《とつとつ》と簡単に説明するレイン。

「なんだと？　あれが、ボスが不在のフィールドで稀《まれ》に出現するキメラの上位種だというのか?!」

「はい……。目撃情報は極めて稀ですが、一説にはドラゴンをも凌《しの》ぐ脅威であると。……その特徴は、驚異的な回復力と攻撃力を誇るモンスターで――」

「く、くくく……！　つまり、アイツはアークワイバーン以上の魔物ということか」

くっくっく。

くかかかかかっか！

皆まで言わせずに、高笑いするゲインを訝《いぶか》しむレイン。

「な、なにを？　可笑《おか》しなことを考えるのはやめて撤退しましょう！」

「ふんっ！　笑止！　アークワイバーン以上？」

結構！　実に結構！

パァン！　柏手《かしわで》一つ。ゲインはニヤァと顔を愉悦にゆがめると一気に言った！

それすなわち――。

「つまり、あれを倒せば、僕がアークワイバーンを倒したクラウスよりも優れていることの証左にほかならないということか！」

はーっはっは！

「ば、ばかな！　勝てるはずが――」

レインがその言葉を飲み込んだ一瞬の後――！

「ふんっ。僕を舐《な》めるなよ。そして、見せてやるッ！　これが僕の本当の力だッ！」

そして、食らえ！　カオス・キメラ！


『時間停止《タイム》』！


「な！　なにを！」

ゲインはレインの言葉なんぞに耳を貸すこともなく、ただただ、アークワイバーン以上の魔物という言葉に惹《ひ》かれてカオス・キメラに真っ向から立ち向かおうとした。

そして、その先鋒《せんぽう》は、彼の十八番《おはこ》であるユニークスキル【時空操作《タイマー》】のLv1『時間停止《タイム》』！

「なにもクソもあるものか！　……はっ！　見ろ、レイン！　僕のユニークスキルに敵《かな》う者などいなぁぁーい！」

バーン！

そう言って笑い飛ばすゲインの先には、硬直したカオス・キメラの姿があった。

「どうだ！　これがユニークスキルの力！　僕の力――さぁ、今こそ……」

「無茶なッ！　た、たかが数秒程度時間を止めたところでどうにかできる相手に見えるというのですか！」

しかし、ゲインの思惑を真っ向から否定するレインは、絶望的な表情を浮かべて叫ぶ！

なにせ、グチャグチャに融合したモンスターの塊で、どこが弱点で、どこに目や口があるかもわからない。そんな相手の動きを止めたところでどうしろというのか。

確かに動きは止めた。ゲイン達にもまだまだ戦力がある。

しかし……単純に。

そう、単純に火力が足りないのだ！　事実、動きを止めたところでゲインにはカオス・キメラを仕留める火力はなかった。

「な、何をしている！　せっかく動きを止めたんだ！　さっさと仕留めろぉぉ！」

高レベルの冒険者や傭兵《ようへい》の生き残りが、懸命にカオス・キメラに挑むが、びくともしない！

「く！　くそぉ！　ば、ばかな！　そんな馬鹿なぁ！」

「何をしているんです！　今がチャンスです――――撤退しましょう！」

レインは、ユニークスキルが効いているこの隙に撤退すべきと判断し、ゲインの手を引くも、雑に振り払われる始末。

「ふざけるな！　逃げるチャンスだぁぁ？　……違う！　仕留めるチャンスなんだぁぁぁあ！　だから、お前もさっさと攻撃しろぉぉお！」

狂気に彩られたゲインの表情。

焦り、
怒り、
嫉妬、

そして、妄信――……。

だが、そんなもので倒せるほどカオス・キメラは生易しい存在ではなかった。

『グル……ギギギ……ギ％＆＄＆％！』

ブルブルと震えて拘束を解いていくカオス・キメラ。

『時間停止《タイム》』の効果はせいぜい数秒程度――永遠の時を止めるにはいまだ力不足。

それどころか、クールタイムのたびに徐々に戦線を押し込まれていく始末……！

「う、ううぅ……。『時間停止《タイム》』！　『時間停止《タイム》』！　……くっ、くそ！　死ね！　死ね、死ね。死ねぇぇぇぇ！」

ゲイン自ら両手に剣を構えて切り裂くも、カオス・キメラは微動だにしない！

「ねぇ、レインー。もう、ほっといて行こーよー」

「そうはいかん！　私はゲイン様の安全を――」

遠く離れた位置でつまらなそうに、頬杖《ほおづえ》を突くシャーロットが欠伸《あくび》交じりに答える。

「ぅるさい、黙れ！　……おい、シャーロット！　貴様も真面目に戦えッ、お前にいくら払ったと思っているぅぅぅぅう！」

魔石代に、スカウト費用！

その他諸々《もろもろ》ぉぉおおお！

「うぇー。ちっさいやつー」

「黙れ黙れ、黙れぇぇぇぇぇえ！　コイツを仕留めれば、レベルアップするんだぁぁあ！」

レベルアップさえすれば――……。

「──僕は、誰にも負けない境地に達することができるんだぁぁぁあ！」

うがぁぁぁぁあああああああああああ！

それは、何の保証もない、ただの妄執。だが、その妄想にも近い願望を吐き出すゲインは、一歩も引かぬ考えで踏みとどまっていた。

「うー。私、もう付き合いきれないよー」

攻撃圏外から、つまらなそうに足をプラプラさせているシャーロットは、とっくに逃げていったグレン達の方をチラチラと注視する。

ぶっちゃけ、レインがいなければ今にも逃亡しそうな様子。それはほかの傭兵とて同じことだ。

みな、すでにゲインよりも、恩義のあるレインの動向にだけ注視している状態だ。

「く……！　これ以上は、もたないいいか──。ゲイン様！　残念ですが、ここは一度退《ひ》いて、態勢を──」

「……退却《ひきゃく》？　退くだと？」

この僕が？

この天才たるゲイン・カッシュが、
このカスモンスターごときになすすべもなく退くだと──。

「ありえん……」

ありえん。ありえん。ありえん。

ありえんし……。

「そもそも、どこに退くっていうんだよぉぉぉおおおおおおお！」

ゲインだって、バカだが馬鹿ではない。

すでにフィールドの外には彼の居場所がないことくらいわかっている。

だから、ここを除いて生きる場所などない。だから、ここを出ても生きられるくらい強く——強くならねばならないのだ！

——そのためにもぉぉぉぉぉっぉおおおおおおおおおおお！

「俺には経験値がいると言っているんだぁぁぁあああああ！」

うがぁぁぁあああああ！

もはや無我夢中で剣を振り回すゲイン。

すでに目の焦点は合わず、自分で何を口走っているかもわかっていない様子。

明らかに錯乱しているのだが、それを止めるのもレインだけに残された役目！

「く……。ゲイン様、気を鎮めてください……！　おいっ、お前たち！　やむを得んがゲイン様を拘束する——行くぞッ」

「「「おう！」」」

もはやこれまで。

レインは覚悟を決めて雇い主に歯向かう。

今はこんなでも、ゲインが正気を取り戻せばいくらでもやり直せるはず。

少なくとも、今憎まれようと……戦場で己を見失い、生きる目的を失っていたレインの手を取ってくれた恩義あるゲインのあの姿に、いつかきっと——。

「触るなぁぁぁあああ！」

――ザンッ！

「うぎゃッ……」

だが、レインのその気遣いが悲劇を生む。

もはや、敵味方の区別すらつかなくなっていたゲインは、取り押さえようとした傭兵たちに向かって凶刃《きょうじん》を振りかざす。

そして、その剣が無防備な傭兵の喉を切り裂き、彼を自らの血でおぼれさせたのはまったくの偶然であった。

「な……！ なんということを――！」

ブシュウウウウウ！ 吹き上がる血を止めようと、レインが慌てて、傷口を押さえるも時すでに遅し――……いや、まだだ！ まだ間に合う！

「く……！ シャーロット！ ポーションを出せ！ 急げ！ ……いや、ポーションでは間に合わんか、エリクサーを――」

あの万能薬を早くッッ！

早く――――――………。

――ゲイン・カッシュのレベル《レベルアップ》が上昇しました。

「な、なにぃぃ！」

刹那。

長い……、長い間、レベルアップの壁に阻まれていたゲインのレベルがあっさりと上昇した。

「な、なんだと……。なんだとぉぉ！」

それは久しく忘れていたレベルアップの感覚。

ゲインの体が光に包まれ、同時にメリメリと筋力が向上し、魔力が漲《みなぎ》っていく――。

魔物を倒したわけでもなく、
魔石を砕いたわけでもなく、
パーティの誰かが貢献したわけでもないというのに――なぜ？

「は、はははははは。ははははははは――。そうか……、そうか――！」

「ゲ、ゲイン様……い、いったい――」

高笑いするゲインに戸惑うレイン達。

しかし、そんなレイン達の様子に露も注意を払わないゲインは顔を押さえてたまらないとばかりに笑い続ける。

そして、

「――そ～うだったなぁぁぁあ！　人も生き物！　魔物と同様に、傭兵も冒険者も、経、経、経、経験値の塊だったなぁぁぁあ！」

ぎゃーっはっはっはっは！

鮮血を浴びて高笑いするゲインの中に、殺した傭兵の経験値が漲っていく。

それは、その辺の雑魚モンスターの経験値の比ではない！

……長年の労苦をため込み、数多《あまた》の戦場を駆け抜けたベテラン傭兵のそれは、並外れて高い経験値を誇っていたのだ！

「くくくく……。まるで、憑《つ》き物《もの》が落ちていくようだ。そして、僕はなんと愚かだったのだろうか──」

笑い続けるゲインの背後で、ヌバァァ……！ とカオス・キメラがその巨体を持ち上げ、ゲインを叩《たた》き殺《ころ》さんとしている。

だが、

「は────！ お前の相手は、あとだ！」

『時間停止《タイム》』！

ピタッ！ と、動きを止めるカオス・キメラを尻目に、ゲインが醜悪に笑う。

そして、

「メインディッシュの前に前菜といこうか────……なっ！」

ぎゅんっ！

刹那、ゲインはカオス・キメラに背を向けて、一気にレインたちに肉迫する。

その表情はまるで虫けらでも見るかの如《ごと》く──。

「クッ！ ゲイン様、アナタは何を……！」

さすがにこの瞬間、ゲインの標的が自分たちに切り替わったことを察したレイン達。

だが、まさか雇い主であるゲインが、人類最大の禁忌である同族殺しをためらいもなく行うなどいまだに信じられ――……。

……フッ。

突っ込んでくるゲインとその凶刃から逃れようと大きくバックステップしたレイン達の目の前で、そのゲインの姿が消える！

「な?!　消え――」

ど、どこに……?!　そう思った刹那、

「ぎゃぁぁぁぁああああああああ!!」

「うわぁぁあああああああああああ!!」

ブシュゥゥゥウ！　突如、周囲で沸き立つ悲鳴と血煙に、レインがハッと身構えた。

「な！　いつの間に?!」

気付いた時には、絶命していく手練《てだ》れの猛者たち。

彼らは最後までこの場に残った傭兵たちだったというのに――。

「消えた？　いつの間にぃぃい？　……はっ！」

ぞわっ！　耳元で聞こえた声に、背筋が震えあがるレイン。

一瞬で、背後に回られたというのか？

――否ッ！

ち、違う――……この世界が切り取られたような感覚は――。

「笑わせるな、凡夫風情がっ」

ブシュッッ――――！

「ぐわっ」

体を突き抜けるような激痛に思わず悲鳴が漏れるレイン。

たまらず膝をつけば、胸から垂れるのはドロリとした鮮血。胸には、一文字に斬られたあと――。

「ほぅ？　浅かったか――？　やるじゃないか、レイ～ン」

がはっ……！

い、いつの間に……。

「は！　………笑わせるなと言ったぞ、凡夫がぁっぁあぁ！」

消えたぁ？

いつの間にぃぃぃいいいい？

「……阿呆《あほう》が！　……そんなものは、僕のスキルに決まっているだろうがぁぁぁあ！　あーっはっはっはっはっは！」

恥ずかしげもなく味方殺しを誇るゲインは今もまさにレベルアップしていく。

可視化できるほどのレベルアップの光に包まれ、メキメキと能力を開花させていくゲイン。その根源は、最後の最後まで踏みとどまっていた高レベルの傭兵にして冒険者の命であった！

「く……！　あなたという人は――」

「ぎゃはははははは！　来たぞ来たぞ！　僕に力が漲っていくのがわかる！」

食いしばった唇から血を吹き出しながらレインが睨《にら》む。

しかし、そんな視線すらゲインには届かないし、響かない！

もはや、ゲインはゲインにして、ゲインにあらず！　……ただの人殺しだッ！

「いぃいぃ～やかましいッ！　お前ら凡夫が人だ何だと宣《のたま》うなッ！」

そう！

雇いの冒険者などゴミ！

傭兵なんぞ、肉袋――！

「総じて、貴様らなんぞ――ただの経験値だッ！」

シャリ――――ン！

二刀を構えたゲインが、そう宣言すると同時に、負傷し身動きもままならないレイン目掛けて一気に肉迫する！

「ッッ?!」

「は！　どうしたどうしたレイーン！　さっきの一撃は装備によって防がれたようだが、次はこうはいかんぞ！」

そしてぇぇえ……！

「そ、そこに転がる経験値袋同様、貴様を血祭りにあげてくれるわぁぁぁあ！」

硬直したカオス・キメラを尻目に、仲間殺しを嬉々《きき》として行うゲインは、最後に残った経験値の塊ことレインを狙う！

それは、きっと極上の経験値に見えたのだろう。

人として格上。

冒険者としても格上。

なにより、圧倒的な地力の差を持つレインを仕留めれば、間違いなくゲインのレベルは急上昇するだろう！

だから、

「お前のぉぉぉお……」

経験値をぉぉぉおおお……！

「すぅぅ――よこせぇぇぇぇぇぇぇぇぇぇ！」

ドンッッ！

凄まじい踏み込みで一気にレイン目掛けて剣を振り下ろすゲイン。

それは、踏み込みの勢いと振り下ろしの勢いと、体重と妄執と重力を乗せた必殺の一撃だった！

さらに、

「ダメ押しの――――『時間停止《タイム》』だぁぁあ！」

カッ！

ゲインのユニークスキル【時空操作《タイマー》】が炸裂《さくれつ》し、身動きのできないレインをさらに時間の彼方に縫い留める。

その諦観した視線のまま硬直したレインを見て、勝利を確信するゲイン。

あとは、剣の切っ先がレインの頭をブチュ！　とかち割って、真っ赤な血と脳漿とともに、濃密な経験値をゲインに献上してくれることだろう！

そうして、永遠にゲインの血肉となり、

「一緒に生きて、あの化け物を仕留めてぇ……」

そして、

「クラウスに目にもの見せてやろうぜぇぇぇぇぇ！」

あはははははははははははは――――『空間圧縮～』――ははは、は――？

ガキ――――ン！

「んなにぃ！」

１２０％命中するはずであったゲインの剣が深々と地面に突き刺さっている。

それは、レインの頭をかち割るはずで、ともすれば一刀両断し地面にまで達するはずだったのに
――……なぜか、地面のみをえぐり取っていた。

…………おいおいおーい。

「……何のつもりだ？　シャ――――ロットぉ」

ギヌロッ！　凄《すさ》まじい圧で、クソ生意気なメンバーを睨むゲインは、ズボォ……と、剣を抜くと、ゆっくりとその切っ先を向けた。

そう……。

「シャ、シャーロット……？」

パチンッ！

ゲインが指を弾《はじ》いて、『時間停止《タイム》』をキャンセルすると同時に、事態に気付いたレインが呆《ほう》けた

ように見上げる先——そこには果たしてシャーロットがレインをギュッと抱きしめながらゲインを睨んでいたのだった。

「それはこっちのセリフだよぉ、ゲイン」

ブー。と、ふくれっ面のシャーロット。

「なにぃ？　……ふん、ガキめ。【空間操作《スペーススポーク》】のスキルでレインを引き寄せたというわけか。……まったく、大して経験値にもならんから見逃してやったというのに——」

トントン。

剣の峰で、呆《あき》れた様子で肩を叩くゲインはうっすらとシャーロットをねめつける。その視線をうっとうしげに見るシャーロットではあったが、油断は微塵《みじん》も感じられなかった。

「ならばいいだろう。オイタをした新人に躾《しつけ》をするのもリーダーの役目。……そして、」

そのまま、ゆ〜っくりと剣を大上段に構えて静かに力を溜《た》めていくと——フン！　と気合一《きあいいっ》閃《せん》、一気に踏み込む！

「——邪・魔・を・す・る・な・ら……。すぅぅ、お前からだ、シャー————ロットぉぉおお！」

そう言い切るや否や、上級冒険者もかくやと言わんばかりに、憤怒の表情で地面を踏み込んだゲインが……ギャン!!　と神速の切り込みを仕掛ける！

狙いはシャーロット……！　もちろん、レインもろとも、だ！

「は、速い……！　逃げろっ、シャ————ロット！」

尋常ではない速度。

おそらく、ゲインのユニークスキル『時間加速《ヘイスト》』を使っているに違いない！

「ふ～んだ、そんなの見えてるよぉ～だ！」

だが、シャーロットも慣れたもの。

空間を操るユニークスキルの使い手だけあって、ゲインの剣にも完璧に反応し、余裕で躱《かわ》そうとする。

さすがは【空間操作《スペーススポーク》】の使い手、シャーロット――……。

「――い、いかん！」

刹那、首筋がザワリと冷えわたる感触にレインが反射的に叫ぶ――！

これは――この感覚は……この時間が千切り取られたような感覚はぁぁぁぁあ！

「――シ、シャーロット、後ろだぁっぁあああああ！」

「え？　わ!!」

ガキィインン!!

「ちぃ……！」

反射的にシャーロットを抱えたレインは、鋼鉄の義手で、ゲインの剣を受け止める。

ギギギギ……！

「ぐ……！　重いっ……！」

「ほほぅ……。よく止めたじゃないかぁ？　さすがは上級冒険者――さすがは歴戦の傭兵、さすがは『赤い腕』のレインだッ!!　……よくぞ、よくぞ僕の攻撃を、受け止めたなぁ！」

ギリギリギリ……！

スキル補助を受けて加速した剣は、レインをその義手ごと押し込んでいく。

「ふっ。だが、その体勢で、シャーロットを庇《かば》いながらいつまでもつかなぁぁあ！」

「く……！　なんの、まだまだ」

額に珠のような汗を浮かべるレイン。

強がってはいるものの、限界はすぐそこに来ている。

そして、タイムリミットは刻一刻と迫りつつある。

……チラリッ。

「ん？　はは、余裕そうじゃないかレイーン！　こんな状況でも、あの化け物を気にしているのか？　……安心しろ。僕の『時間停止《タイム》』はまだまだもつさ――そうさな？　まだ数秒は効くんじゃないかぁ？」

そして、その時間があれば十分！

そうとも……！

「数秒あれば、お前を血祭りにあげて、その血肉で僕は成長し――」

そして、

「あの化け物をついでに食らいつくして、さらなる高みに行く！」

そうとも！

「お前も――！」

アイツ《カオス・キメラ》も――！

「どっちも僕の獲物だぁぁぁあ！」

ドガァァァアア!!

「――ぐぅう?!」

か、かはぁ……。

隙だらけのボディに炸裂するゲインの喧嘩《けんか》キック。その衝撃で弾き飛ばされるレインは、ヨロヨロと体を起こす。

「……そ、そんなことのために……? そんなことの《自分が成長する》ために……皆を、仲間をぉぉお?!」

血反吐《ちへど》を吐かんばかりに吠《ほ》えるレインではあったが、それを聞いた瞬間、ゲインがふと動きを止める。

そして、ゆら～りと顔を持ち上げるとゲインは言った……。

「…………そんなことだと《い、い、い、》？」

あろうことか無防備にだらりと、ただただ突っ立つゲインであったが、次の瞬間、

「――そんなことだと《い、い、い、》ぉぉおおお！」

一瞬にして激昂《げきこう》すると、「おぉぁぁぁあああああああ!!」と、雄たけびを上げて、据わった目つきのまま狂ったように叫んだ！

「そんなこととは何だ、そんなこととはぁぁぁ！　…………それ《い、い》が大事なんだろうが!!　それ《い、い》がぁぁぁあああ！」

——貴様に何がわかるッ！

そして、その勢いのままに、連撃をレインに加えていくゲイン！

「おぉぁぁっぁあああああああああ！　もう喋《しゃべ》るな！　もう語るな！　もう理解しようとするなぁぁぁああ！」

——ギィン、ギィン、ガァン!!

「く……！　が……！」

剣と義手を交互に使ってかろうじて躱していくレインではあったが、負傷のためか動きに精彩を欠いている。

一方で、ゲインはと言えば、狂気じみた攻撃でレインを追い詰めていく。

怒りと妄執とアドレナリンがゲインの力を何倍にも向上させていく！

「あああああああああ!!　あああああああああああ!!」

もはや何も聞こえない。

もはや何も聞きたくない。

もはや何も聞く耳もたんッッ！

「もはや、黙れッッッ」

——『時間停止《タイム》』！

ピタッ！

「はは！　どうだぁ！　そして、動けぬまま、何もわからぬまま死ね！　それがせめてもの救いだと思えッ、レイ――――――ン！」

ゼロ距離で放つユニークスキル【時空操作《タイマー》】の十八番『時間停止《タイム》』。

連射はできないが、レベル上昇に合わせてクールタイムはみるみるうちに減少し、さらに使い勝手のいいスキルとなった。

それもこれも、傭兵どもの命のおかげ！

そして、

「――お前も僕のものになれッ！」

「わ、わぁっぁあ！　レ、レイン～!!」

背後に庇われていたシャーロットがようやく異変に気付くも、もう遅いわぁッ!!

そうとも、ついでに死ね、シャーロットぉぉお！

「――そうだ！　何人《なんぴと》たりとも、僕のスキルからは逃れられないんだよぉぉぉおおおお！」

ぎゃはははははははははは！

狂ったように笑うゲインが、勝利を確信する！

「そうだ、死ね！　二人とも、死ね!!　死んで僕の血肉に――――――……そして、」

お前らの――――――!!

経験値をぉぉぉおおおおおおおおおお!!

お前らをぉぉぉおお――!!

経験値にぃぃぃぃいいいいいいいい!!

お前らのぉぉぉおお！

全てを、さぁぁぁああ！

「──よこせよぉぉぉぉぉぉぉおおおおおおおお!!」

……獲《と》ったぞ！

ズバンッ……！　と、必殺の一撃をぶちかます手ごたえに、目を閉じるゲイン。

ジンと伝わる剣越しの感触を味わい、ふとレインと過ごした日々を思い出す。

あぁ、そうだな。

「──嫌いじゃなかったよ、レイ────ン……」

最後に彼女に別れを告げ、
間近に迫った彼女の表情に哀悼の意を────パキィィィイイン!!


……………………は？


な、なんだ？

な、なんで……。

なんで──。

「……な・ん・で、なんで動けるんだ──レイ──────────────ン！」

グギギギギギ……！　震えるゲインの剣。

……見れば、それをへし折らんばかりに握り締めているのは、レインの腕ではないか。

刀身にはひびが入り今にも砕け散りそうだ。

「ば、ばかな。――じょ、冗談だろ……?! 時間を止めているんだぞ？ そのうえで、切った！ 切ったはずだ！ その義手ごとぉぉぉお！」

な、なのに。なんで、なんで――。

「なんで、素手で剣を止めてんだよぉぉぉおお！」

あまりの事態、あまりの予想外の出来事にゲインの思考がフリーズし、思わず『時間停止《タイム》』のスキルをキャンセルしてしまう。

そして、動き出した時に、レインの瞳に力が宿る。直後――バキィィン！

「く……！ し、しまった！」

ついに砕け散った剣に驚き、慌てて距離を取るゲイン。

ま、まさか、得物が壊れるなんて――……。

「ぐ、偶然だ！」

そう。偶然なんだ！

「でなければ、僕のスキルが負けるはずがない」

そう言い聞かせているゲインであったが、

一方のレインは、千切り取った剣を見て、全てを察したように、悲しそうに目を伏せた――。

「そう、ですか……。私ごと、シャーロットを斬ろうとしましたか……。ゲイン様、失望しましたよ」

そして、カランカラーンッ！ まるでゴミでも投げ捨てるかのように、千切り取った剣を地面に投げ落とすと、スッと半身に構えるレイン。

……もちろん、驚いたのはゲインだ。

その態度、その表情。

まるで、
まるで、

「き、貴様、まるで僕の剣を素手で止めたような顔をするじゃないか、この凡夫がぁぁぁあ！」

実際には素手ではなく義手だが、そういう問題ではない。

ゲインにとって、問題だったのは、『時間停止《タイム》』中にレインから反撃を受けたことだ。

もっとも、そんなことはあり得ないので、何かの間違いなのだろうが――。

「レ、レイン……。さっき、ゲインのスキルを受けたのに……動いて、た？」

ほかならぬ、その時の様子を鮮明に見ていたシャーロットによって肯定されてしまい、一瞬にしてゲインが激昂する。

だってそうだろう？

最強のスキル、最高のユニークスキルが、たかが凡夫に止められるなどあっていいはずがない！

そもそも、『時間停止《タイム》』が防がれるなど聞いたことも――……。

…………は?!

ま、まさか――。

「……まさか、お前も、ユニークスキルが使えたのかッッ！」

ゲインのたどり着いた結論。そうでなければあり得ない。

ゲインのスキルはカオス・キメラさえ止めることができる無敵のスキルだ。そのスキルが効かないとなれば、同様のスキルか、未知のスキルにほかならない。

……だが、その浅はかな考えをレインは鼻で笑って吹き飛ばす。

「はっ（笑）」

ユニークスキル……？

【時空操作《タイマー》】？

「ふん…………笑止」

スッ……！　腕を組み、憐《あわ》れむような目でゲインを見下ろすレインは、聞き分けのない子供に対する親のそれのようでもあった。

そして、親が子を怒るならば、今しかないと言わんばかりに、ついに彼女の腕が赤く発光を始める！

「実に笑止！」

「な、なぁ?!　それがお前のユニークスキル――……」

「二度言わせるな！　――私はユニークスキルなど持っていないしッ！　第一に！」

……人は。

「人の強さは、スキルなどで決まるはずがないし、なにより、そんな固有技能《ユニークスキル》もの持っていたとしても、それをひけらかして悦に入るような真似は私は絶対にしない!!」

「……なぁッ！　なんだとぉぉお！」

それはゲインのやることへの真っ向からの批判だった。

「き、き、き、貴様ぁぁぁぁあああああ！　取り消せぇぇぇぇええええ！」

僕がいつ、ひけらかした！

いつ悦に入った！

ユニークスキルだぞ！　ユニークスキル！　それは当たり前の権利で、それが世界を取れる至高のスキルを持つものの絶対の権利だ！

それを――……。

「ふん。何がユニークスキルだ！　そんなものがなくとも、人の叡智《えいち》は、スキルなどに負けはしない」

「んな！」

だから教えてやろう――！

「ユニークスキルを持っているから勝てるというほど、戦闘というものが甘くはないということをな！」

さぁ、かかってこい、ゲイン・カッシュ！

「『特別な絆《スペシャルフォース》』の戦闘顧問として、教育してやろう！」

ちょいちょい！　と指でかかってこいと挑発するレイン。

半身に構えた後ろ側で、少し引いて、義手はギリギリと握り締めたこぶしを作り、滅茶苦茶に力を溜めていく。

それは、ついに赤熱する腕となり、腰だめに構えたレインが猛然と突っ込む！

「な⁉」

――はぁぁぁあああああああ！

「……なぜ私が『赤い腕』の二つ名で呼ばれるのか、その身に叩き込んでやる！　そして、見ろ！

これがぁぁぁぁあああ」

メリメリメリメリメリ……！

真っ赤に燃える赤い腕が蒸気とともにユラユラとした陽炎《かげろう》を纏《まと》わせる……！

「お前のような思いあがったユニークスキル所持者の性根を叩きなおす伝説のアイテム――」

そう！

「――ユニークアイテム、『自律型義手システム《マリオネットアーム》』だぁぁぁあああ！」

「な　ん《マリオネットアーム》　だとぉぉおおおおおおおおおおおおおおおおおお！」


ドカァァァァァン！

※　※　※

うぐわー……！

ドカーン！　と盛大な爆発が起こり、壁を崩して頭から突っ込んで痙攣《けいれん》するゲイン。

「うぐぐ……！　ユ、ユニークアイテム……自律型義手だとぉぉ？」

口元の血を拭いながら体を起こしたゲインが驚愕《きょうがく》の声を上げる。

「そうです……。私にとって奥の手にして、禁じ手——……これは、私の意志とは無関係に、敵を殲滅《せんめつ》するまで自律し攻撃するゝ、ゝ、ゝ、ゝ、魔法の義手です」

ゲインを見下ろしながら、レインがゆっくりと腕を掲げる。

それは赤熱し、魔力の蒸気を噴き上げる摩訶不思議《まかふしぎ》な魔法の腕……。ゲインの返り血を浴び、ますます深紅に染まるそれは、まさに『赤い腕』だった。

「だ、だからか……！　だから、お前自身《レイン》に『時間停止《タイム》』をしても効果がなかったというのか！」

レインからも独立した意志をもったユニークアイテム。

——そ、そんなものがぁっぁああ?!

「……立て、ゲイン・カッシュ。やっていいことと悪いことのお勉強だ。貴様という、無礼な小僧にはまず礼儀作法から教えてやろう——」

チョイチョイ！

赤く光るその腕でゲインを挑発するレイン——直後、ブシュー！　と、噴き上げる魔力の蒸気がその姿を揺らし、一層、強大に見せる！

「く……。き、貴様ぁ」

「貴様ぁ？　……口の利き方から学ぶか？　いや、違うな。……そうさな——まずは、貴様のようなボンボンは女の扱いからか？」

ニッ！　口角を吊《つ》り上《あ》げるレインの姿にカッと頭に血を上らせたゲインは咆哮《ほうこう》する！

「ボンボンだとぉぉお！　な、舐めるなぁぁぁぁぁああああああ！」

「は！　それでいい！　……さぁ、剣を持て、ゲイン！　そして、構えろ！　……女を貫きたいいと

いうのなら――」

すぅ、

「――堂々と正面から口説いてみせるんだなッ!!」

バ――――――――――ン！

一気に言ったレインの堂々たる構え。

まさに威風堂々。まさに、豪傑！　まさにレイン！

「く……！」

そのプレッシャーにビクリと震えるゲインであったが、プライドだけは一級品！

だからぁぁぁ！

「――ほ、ほ、ほ、ほざけぇぇぇぇぇぇぇぇええええええええ！」

ドンッ！　――ユニークスキルに頼らない、ゲインの生身の一撃!!

その剣筋、その突進力、その膂力《りょりょく》！

「……だったらぁぁぁあ、望・み・通・り、口説き落として《真正面から貫いて》やるぁぁぁぁあああああ！」

おおおおおおおおおおおおおああああああああああああああ――――――！

「はッ！　そうだ、それでいい。……かかってこい、ゲイン！」

――男の子だろうッッ！

「黙れぇぇぇぇぇええええええええええええええええええええええええええええええええええええ

え！」

上段に振りかぶったゲインの本気の本気の一撃！

プライドの高さと自尊心の高さを剣に込めに込めて、無礼なレインを誅《ちゅう》してやるとばかりにぃぃい！

——ズドォォォォォォォオオオン！

そうして、両者の激突がフィールド最奥を揺らす——……。

第14話「そして、伝説の大馬鹿へ」

「バ、バカ過ぎるだろ、ゲインの奴《やつ》……！」

経験値欲しさに仲間を斬り殺したゲイン。

そして、その凶行を止めようとした傭兵《ようへい》隊長のレインと激突し――。

「……ん？　でも、聞いた限りじゃ、ゲインに勝ち目はあったのか？」

ユニークアイテムの存在は初めて聞いたし、クラウスが『特別な絆《スペシャルフォース》』にいたころ、レインがそれを使っているのも見たことはない。

だが、シャーロットの話を聞くに、ゲインにとっては天敵ともいえるアイテムであったのは間違いない。

なにせ、ただでさえ戦闘経験が上のレインを相手に、頼みの『時間停止《タイム》』が効を成さないアイテムがあるのだ。どうやってもゲインに勝ち目はなさそうだ。

「うん。……実際、レインなら十分にゲインくらい圧倒できたと思う。だけど、あの化け物モンスターがいたし、」

確かに、カオス・キメラの眼前で仲間割れを始めたら、カオス・キメラでなくともチャンスと思うだろう。

その点だけをもってしてもゲインは馬鹿だと思う。

「――なにより、ゲインにはあれがあったんだよ――」

「「「……あれ？」」」

思わず顔を見合わせるクラウス、メリム、リズにティエラ。

「あれってなんだよ？」

「んっと～。え～っとぉ……。ほら、あれ。あの瓶の中身――」

シャーロットが指さす先。

カオス・キメラの体に半ば埋没した小ぶりの木箱と、そこにぎっしり詰め込まれた空瓶がある。

あいにく、見ての通り全部空っぽなのだが、あれって……。

「ポーション瓶？」

「うん、そうそう。そのお高いやつで――え～っと。確か、傷とかを全部直せちゃう薬……エ、エリなんとかー」

「ッ！　――エ、エリクサーか?!　くそッ、やっぱりあったのか！」

がしぃ！　シャーロットの言葉を遮るメリムはよほど興奮しているのか、彼女の腕をがっちりホールドしてがっくんがっくん！

「あぅあぅあぅあー！」

「あうあぅ、じゃねーよ！　どこだ！　どこにある！　ゲインってのが持ってるのか！」

メリムは鼻をフンスフンスと言わせてシャーロットを問い詰めているが、

「やめい！」

ゴキィ！

「はぶわぁッぅ！　……ぃいってぇぇ――チョ、チョップすんなよ、クラウスぅ！」

「うるっせぇ、話は最後まで聞け！」

ったく……。

「うー……頭グラングランするぅ」

「仲いいねー」

「「よくないッ！」」

頭フラフラのメリムを横目に見ながら、クラウスの肩に顎を乗せるシャーロット。

馴《な》れ馴《な》れしいな、おい……。

「で、それからどうなったんだシャーロット」

「んー。途中で私もやられちゃったし、最後まで見てなかったんだけど――」

――シャーロットの話を要約するに、
ユニークアイテムを使いこなすレインに終始圧倒されていたゲインではあったが、途中から惜しげもなくエリクサーを使い始めて、回復しながらレインを追い詰めていったらしい。

まさに物量の戦いだ。

それでも、レインの地力が上であったため、なかなか決着がつかず、戦闘はついに破局を迎える。

……そう。最大のジョーカーたるカオス・キメラの参戦だ。

「そりゃそうか……。『時間停止《タイム》』でカオス・キメラを止めているだけだったんだからな」

「ん～……僕らも似たようなもんじゃね？」

悠長に話してはいるが、カオス・キメラは煙幕で一時的にクラウス達を見失っているだけ。

「うん。そうだね。――結局ゲインの奴は、カオス・キメラを倒せずに、逃げちゃったし、おかげでレイン一人で奮闘して、」

「……そして、最後には負けたというわけか」

おかげで二人の決着はうやむやとなり、最終的にレインだけがカオス・キメラと対峙《たいじ》したものの、猛攻により敗北したらしい。

「私も頑張ったけど、全然相手にならなかったよ」

てへへへ、と屈託なく笑うシャーロット。そのボロボロの恰好《かっこう》を見れば奮闘したのは間違いないだろう。

「いや、お前はよくやったよ」

なでなで。

「えへへ、ありがと」

ゴロゴロと喉を鳴らさんばかりにクラウスにすり寄るシャーロットであったが、それをべりべりと引きはがすメリムとリズ。

「そーゆーのいいから！　お兄ちゃん、どうするの？」

「そーそー。馴れ馴れしいんだよ、お前は――」

がるるる！

僕んだぞ！　と言わんばかりにメリムがクラウスに縋《すが》り付《つ》いているが、その後ろのリズの目が怖い……。

「そ、そうだな。……シャーロットが見つけたし、原因も特定できた。なら――」

「お、おい！　待てよ！　まさか、撤退する気か⁉　ゲインとかいうのはどうすんだよ！」

まだエリクサーも見つけてないのに！　と言わんばかりのメリム。

いや、気持ちはわかるんだがね……。

「お前はエリクサーが欲しいだけだろう？」

「うぐ……」

ゲイン＝エリクサーは間違いないらしい。戦闘中に湯水のごとく使っているなら、まだ持っていてもおかしくはない。


「…………そうか、エリクサー！」


その時、ぽつりと呟《つぶや》く人物がひとり。

「ん？　ミカか――⁉」

なんだよ？　今まで黙ってたくせに――。

「……そうよ、そうだわ！　エリクサーよ！　全てエリクサーのせいだわ！」

「は、はあっぁ？」

「な、なんの話だよ？」

っていうか、声大きい！

『アェェエエエエエエエン%$&&%&！』

ほ、ほらぁ！　カオス・キメラが気付いちゃうじゃん。

思わず身構えるクラウス達。

何を思いついたか知らんが――煙幕の向こうのカオス・キメラを呼び寄せるなし！

「あーもう！　気付く気付かないとか言ってる場合じゃないわよ！　なんてこと……。こ、これは相当まずいわ！」

「いやいや！　気付かれたらまずいっつーの！」

「全員死ぬわよ⁈」

慌ててメリムとティエラがミカの口を押さえるが、モガモガジタバタとなかなかしぶとい――

……って、

「ぶはー！　こ、殺す気かしらぁぁぁあ！」

いっそ、死ね。

「んなんですってぇぇぇ！　ったく、本当の原因に目星がついたってのに、聞きたくないのかしらぁ？」

「ほ、本当の原因？　……全然、話が読めないぞ？」

チッ。

「もう！　察しが悪いわねー」

察しの悪いクラウスの言葉に舌打ちをしたミカがジロリと、グレンたちを睨《にら》みながら告げる。

曰《いわ》く。

「いいことぉ？　普通に考えて、カオス・キメラが生まれるなんて、そうそうあり得ないのよ！」

「いいことぉ？　モンスター同士が争いを始めたくらいで毎度毎度カオス・キメラが生まれてたら世界はカオス・キメラだらけになってる……そこはわかるかしらぁ？」

ん？

何を当然のことを――。

「当たり前じゃん」

「だよなー」

うんうん、と至極当然とばかりに頷《うなず》くクラウスたち。

「そうよぉ。食った食われたの関係で、本来ならボスは一体だけ残るはずぅ――――……だけど、例外として、魔物どもが、無敵の回復力を得ていたとしたらどうなるかしらぁ？」

ん？

無敵の回復力って――……そんなのあるのか？

「高位のアンデッドとか、スライム系には確かにそういうのがいるって聞くけど――……ここにはそんな魔物はいなかったはずよ？」

ティエラが思い出しながら答える。

ギルドのエージェントが言うなら間違いないだろう。

「ちっちっち――」

だが、ミカが指を振りながらそれを全否定。

……つーか、むかつく仕草だな、おい。

「甘いわね――何も元の性質に拘《こだわ》ることはないわよぉ」

たとえばぁ――。

「……冒険者から奪った魔道具を取り込んだモンスターやら、ほかにも大量の回復薬を吸収した魔物とかならどうかしらぁ？」

「ん？」

「んんー？」

クラウス達は一斉に首を傾《かし》げつつ、
しばらくして、思わず顔を見合わせるクラウスとメリム…………。

「む、無敵の……」

「回復力……？」

そ、それって確か――。


…………………ッ！


「「まさか、エリクサーのことか！」」

「ビンゴ！」

パチンッ！　指を弾《はじ》いてウィンク一つ。ミカがよくできましたとばかりに手を叩《たた》く。

「だ、だって……。え、えぇー?!　魔物がエリクサーを飲んでるっていうのか?!」

んなアホな――。

だけど、納得できる部分も多々あるのも事実。

だいたい、あのカオス・キメラって奴は頑丈過ぎるんだよ！

「どうかしらぁ？　アタシの予想はぁ？」

「ち。不本意だが、ようやく合点がいった気がするぜ」

「おいおい、マジかよ。つ、つまり――……ゲインが持ち込んだエリクサーを吸収してあんな化け物が生まれたってことかよ！」

なんてこった《マンマミーア》！


頭を抱えるメリム。……そりゃそうだろう。メリムの目的はエリクサーの入手なのだから――。

「あ、そうだ！　……おい、てめぇら！　ないないって言っときながら、やっぱあるんじゃねーか！　ここにエリクサーをいくつ持ち込んだのよ！」

グレンとチェイルを掴《つか》んでガックンガックン――。

「「あばばばばば！」」

「あばばじゃねーよ！　僕のエリクサーはどこだぁぁ！　――――って、いってぇぇえ！」

ズビシッ！

「だから、止《や》めい、言うとるやろが！」

捕虜虐待しとる場合か！

あと、まだお前のじゃないからね。……っていうか、今はそれどころじゃねー！

「それどころって、僕にはそれが大事なんだよ！」

「わぁ～ってるが、状況考えろっての！」

顔を突き合わせて、ピーピーと。

すると、ポツリと零《こぼ》す人物が一人。

「んー？　エリクサー欲しいの？」

「あん？　……当たり前だろうが！」

シャーロットに食って掛かるメリムだが、

「……んー。ゲインならまだ持ってるかもー？」

「な、なにぃ！　ほんとか！」

「う、うん。自信はないけど、アイツ、自分の分だけはちゃっかり確保してたみたいだし」

そう言って、ぼんやりとゲインの姿を思い出すシャーロット。

確か、腰のホルダーにたくさん備えていたはず。そこから取り出したエリクサーを使ってレインとの戦闘を有利に進めていたのを思い出す。

「うん。あるある――絶対1個は持ってるよ」

「な～るほど。ど～りでカオス・キメラがアンタらに執着しているわけね」

シャーロットの言葉に呆《あき》れたようなティエラの声。

「へ？　俺ら？」「え？　なんで？」

ボケら～っとした顔のグレンとチェイルは、なぜ自分らが取り沙汰《とざた》されているのか理解していない。

「おいおい、お前らがカオス・キメラをトレインしてきた自覚ねーのかよ」

「そーよ。だいたい腐ってもボスモンスターよ？　……普通は奥に鎮座してるものがねー。それがこんなとこまで出張ってきたのはもちろん――」

クルクルクルと、指を回しながらズビシィとグレン達を指さすと一気に言った。

「決まってるでしょ！　アンタらがエリクサーを持ってると学習してんのよ」

「は、」

「はぁぁぁあああ?!」

驚きびっくり仰天のグレンとチェイル。

「ちょ、え？　じょ――」

「冗談でしょぉぉお?!」

こんな時に冗談言うわけないでしょ、とティエラ。

そして、

「なにぃ！　お前らやっぱりエリクサー持ってるのかぁぁあ！」

ギャーギャーと食って掛かるメリム。

あーもう、うるさいのまで反応しちまったよ……。

「いやいやいやいや！」

「持ってない持ってない！　持ってないよー！」

ぶんぶんぶん！　と全力否定のグレン達。

ポケットまでひっくり返してアピールしてるけど、プライドとかないんか。

「ま、持ってようが持ってまいが、関係ないわ――アンタらはすでにタゲ取られ《狙われ》てんのよ」

「「えぇぇ！」」

アホ面をさらすグレン達。

逃げればいいと考えていたようだが、そう簡単にいかないらしい。この分だとフィールド外まで追ってきそうな勢いだ。

「元々、意志の集合体のようなカオス・キメラが積極的に体の小さな人間を襲うとは考えにくいのよ」

「だ、だからって……」「そーよ！　私達関係ないわよ！」

だが、実際には、シャーロットもレインも食われていた。一度でもエリクサーを持っていたか、匂いがついているか――はたまた、ゲインの仲間と思われているのか……それはともかくとして、執拗《しつよう》に『特別な絆《スペシャルフォース》』を追いかけまわしていた理由とは、そういうことらしい。

てっきり、ベビーアークワイバーンの敵討ちのために襲ってきたのかと思ったが、そうではない様子。

そもそも、アークワイバーンも今やカオス・キメラの一部なのだ。幼体《ベビー》に執着するようにも思えない。つまり、最初から狙いはゲイン達の持つエリクサーだったわけだ。

「冗談だったらいいんだけどねー」

「そ、それって、つまり――ゲイン達を追ってどこまでも来る可能性があるってことか⁈」

「んなあぁ！」

思わずヒシッ！　と抱き合うグレン達。

「そりゃあそうよ……。でなきゃ、説明つかないわ？　ま、おそらく中毒みたいなもんなんじゃないかしら？　――驚異の回復力を持つ万能薬よ？　言ってみればエリクサーは劇薬だから」

「そ、そんな馬鹿な！」

「い、いやぁぁ！　エリクサーなんて持ってないわよッ！」

そんなもんとっくに使ったというグレン達。だが、カオス・キメラが知っているはずもない。

「だけど、こりゃ参ったな……」

「ええ、そうねぇ」

タラリと汗を流すティエラ。

元々の予定では偵察のみで、原因が判明すれば脱出し、ギルド側の主力に戦闘を引き継ぐ予定であったが――……。

――チラリ。

クラウス達の視線が、グレン、チェイル――そして、シャーロットに向く。

「ん？」

わかっていないのか、シャーロットが首を傾げる。

「はぁ……。やるしかねぇのか？」

「どうもそうみたいね……」

げっそりと絶望の表情を浮かべるティエラ。

グレンとチェイルだけならまだしも、さすがにシャーロットを見捨てていくのは忍びないと……。

「つ、つまりどういうことだよ？」

「おいおい、わかれよ――お前のお望み通りの展開だよ！」

「は？　え？」

「お、お兄ちゃん、それって――……」

おうよ。

「シャーロットを連れて脱出するってことは、つまり――……」

カオス・キメラをどこまでもトレイン《引き連れる》するってことだからなぁぁぁあ！

第15話「ファイナルファイト」

「よ、喜べメリム。アイツと戦えるぞ？」

「は、はぁ？　僕、そんなこと望んでないぞ！」

ばーか！

「ゲインからエリクサーを奪うってことは、ようするに、あのジャンキーを倒すってのと同義なんだよ！」

「はぁ？　な、なんでそうなるんだよ！」

「なんで、わかんねんだよ！　ここまで、しつこく追ってきた奴《やっ》だぞ⁈　実物を持ってノコノコ歩いてたら、追いかけてくるに決まってるだろうが——」

「んげ⁈　そ、そうなの、か」

わかったら覚悟を決めろッ！


——ジャキンッ！


全員が一斉に武器を構える。

ババーン！

「……って、いやいやいや！　待て待て待て！　無理だってば！」

効果音がしそうなくらいに、ビシィ！　と全員がポーズを決めるも、メリムがずるっとコケて全否定。

「おぉい！　……なんだよ、今イイ感じだったろ？　っていうか、何が無理なんだよ。無理も何もやるしかねぇんだっつの！」

「だからって、あんなん倒せねぇって言ったのもお前じゃん！　だいたい、ゲインってのも、とっくにやられてるだろ？」

あ？

おいおい、ゲインがやられてるだって？

「……メリム。お前はゲインのことをなんもわかっちゃいねぇな」

「な、なんだよ！　僕、アイツのこと知らなくて当然だろ！」

んー。まぁそうなんだけど。

「じゃぁさ、辺境の町で見たアイツの姿と、アイツがあっさりとカオス・キメラにやられて食われてるとこを想像できるか？」

へ？

「ゲインが、あのカオス・キメラに――――？」

そう言われて、メリムだけでなく、全員が一瞬沈黙する。

そして、思い出す――――アークワイバーン戦で最前線に居ながらにして、最後の最後までしぶとく生き残っていたゲイン――『あーっはははははは！』と、アホみたいに笑うあの姿が全員の脳裏に蘇《よみがえ》る……。

――あ、あぁ～……。

「「「「あー……。ありゃー、死んでも死なないと思う」」」」

うんうん、と皆の意見が一致する。

「だろ？　……なら、ここで仕留めないとヤバいってのはわかるな？」

ゲインが逃亡すれば、カオス・キメラの狙いがどこを向くかわからない。

今は幸いにもグレン達を追ってきたのだから、これを奇貨として応戦するのがベストだろう。

……もっとも勝ち目があるか否かは別だ。

「だ、だけどよぉ！　――それにさっきから【直感《インスピレーション》】がビンビンなんだよ！　何べんも何べんもやベー予感しかしてねぇっつーの！」

ギャーギャーギャー！

「わぁ～ってるよ！　だけど、やるしかねぇだろうが！」

「やるしかねぇって言ってもよー……お前なんか策があんのか？」

策ぅ……。

そんなもん――。

「…………おい、ティエラ――援軍の予定は？」

ずるぅ！

「ないんかーい！　しかも他力本願かーい！」

「あッほぉ、あったら最初からやっとるわ！　……つーわけで、ティエラさん、なんかないのぉお！」

「そ、そうだぜ、ティエラ！　なんかこう、パパーッて感じでいい感じのアイテムを出してくれよー！」

なーなー、ティエラえもーん！

「だれがティエラえもんか！　私の武器弾薬だって無限じゃないわよ！　だいたい、自信満々に人に丸投げしてんじゃないわよ。それに援軍？　あるわけないでしょ——あったとしても、短時間じゃ無理よ！」

ぎゃーぎゃーぎゃー！

「あ、あはは……お兄ちゃんたちカッコ悪い」

ひきつった笑いのリズ。

「でも……」

「ん？　リズ——？」

ふと、考え込むリズがポツリと零《こぼ》す。

「勝てる……かも？」

「え？」「え？」「え？」「んふふ〜」

メリム、ティエラ、クラウス。

そして、何かもの知り顔でニィッ！　と、笑ってのけるミカ・キサラギ。

……倒す？　誰が、何を？

「…………………………え？　俺？」

なぜか全員の視線が集中していることに気付いて、自らを指すクラウス…………って、

「いやいやいやいやいや！　ムリムリムリムリムリ！　無理ぃぃいいいいい！」

ブンブン、首を振って否定するクラウス。

「できるわけないじゃん！　倒せるわけないじゃん！　つーか、さっきも一回試したけど無理！

リズも見てただろ！」

「え、あ、うん……でも、」

絶対無理！

第一、カオス・キメラと戦闘したこともないし、『火球《ファイヤボール》』程度じゃ傷もつかなかったつーの！

「ギャーギャーうるさいわよ。できるでしょ？　――アンタならぁ」

はぁぁ?!

どっから涌《わ》いて出《で》た、この性悪女！

つーか、お前もさっきまでの戦闘見てたやろがい！　かすり傷ひとつつけられんかったわーい！

「でも、それってすなわちかすり傷一つでもつければ勝ちってことでしょ？」

「て、てめぇ！」

勝手なこと言うなし！

「そぉおぅ～？　でも、言ったわよねぇ？　倒したわよねぇ？　それに、」

クルリ、全員を振り返るミカ・キサラギ。

まるで手繰るようにして一人一人を指さしていき――。

メリムが倒す？　……論外。

ティエラが倒す？　……戦闘力不足。

リズが……？　――ふざけろ、クソボケ。

グレンにチェイル？　……無理無理無理無理。つーか、さっきのメリムにガックンガックンされて白目剝《む》いとるがな。


え？　じゃあ――……。

全員をさしていたミカの指が一周してクラウスに戻る……。

「あ、お前？」

「――お前とか言わないでくれますぅ。……っていうか、無理に決まってるでしょー。アンタよアンタ」

自分で言うなや。無理だとは思うけど――――って、
え？　え？　え……。

「…………マジで俺にやれって？」

「おふこーす。……それにアンタ自分で言ったでしょ～」

へ？

一撃さえ与えれば、どんな敵でも倒せる無敵の【自動機能《オートモード》】を舐《な》めんじゃねーとかなんとか――！

「い、言った……け？」

言ったような、言ってないような――。

つーか、何そのこっぱずかしいセリフ……。

「ふふ～ん、ならばやるしかないでしょ～。そう、竜殺しの英雄！　――辺境の町、最強戦力のクラウス・ノルドールがね！」

ビシィ！　とクラウスを指さすミカ！

「むぐッ……！」

その勢いに思わずたじろぐクラウス――。

思わず誰か何とか言ってくれと言わんばかりに周囲に目を向けるも。

「そう、ね……確かに、ここでアイツを倒せるのは、クラウスだけかも」

「ティ、ティエラぁ?!」

いや、何言ってんのお前！

難しい顔で考え込むティエラも、頷《うなず》きたくないのは山々というのが目に見えた。

だが、それでも、可能性としてはゼロではないと知っているだけに二律背反に苦しんでいるようだ。そしてなにより、

「………今しか。そう、今しかない。そうよ、今倒さなければ――時間は私たちには敵なのよ！」

キッ！

「お、おい、何言って……」

「なにも、こうも、ないわ！」

ビッ！　ティエラの指さす先。煙幕の向こうのカオス・キメラはいまだ健在、むしろ健康、そして、巨大化！

……そう。カオス・キメラは無敵の回復力を誇る化け物！　しかも、レインをはじめ、ありとあらゆる魔物や冒険者を飲み込む悪魔のごとき、モンスター！

このまま放置すれば……。それすなわち！

「世界の終わりよ！」

「は、はぁ～?!　お、大げさなッ」

「大げさなもんですか！　そう、」

これは……これはもう、厄災の芽どころじゃない!!　いや、単なる厄災なものか！

「……そうよ、奴がこのままここを出れば、このフィールドのモンスターを取り込み、もはや手を付けられない化け物になり果てるわ――！」

すなわち、
それこそ、世界の終わり――そうとも、こいつこそが伝説の……！

「……すぅぅ!!」

ティエラの目に映るのは、長寿の彼女をして遠き記憶に聞いたことのあるモンスターだった。

世界を混沌《カオス》に陥れたとされる、お伽噺《とぎばなし》のごとき超弩級《ちょうどきゅう》モンスター。

「――魔王そのものよ！」

ばーん！

言い切ったティエラの目を見て、そして、背後の煙の奥で蠢《うごめ》くカオス・キメラを見上げるクラウス達――。

「ま、魔王って……」「あ、あれがぁ?!」

い、いくらなんでも大げさな――。魔王なんてお伽噺だろ。

……だけど、人は抗《あらが》い難《がた》い厄災を超えし化け物を、ただそう呼ぶ――。

そう。――魔王と！

「――――……いや、無理！」

無理でしょ?!

それを倒せとか無理でしょぉおお！

っていうか、

「――そういうのは勇者の仕事ぉぉぉぉおおおおおおおおおおおおおおおおおおおおおおおおおお！」

魔王を倒すとか、立ち向かうとか、それ中級冒険者の仕事じゃない！

ただでさえ、アークワイバーンの竜鱗《りょうりん》並みの防御力に、エリクサーの回復力を持つ化け物だ。

――しかも、それだけなはずもなく、下手をすれば、ほかの魔物の能力すら得た文字通りの無敵のモンスター。

……ただのキメラでさえ、悪魔や猛獣のような複数の頭部に蛇の尾をもち、その口から魔法や火炎に毒の息吹を放つ——冒険者を苦しめる厄介な魔物なのだ。

それが、ありとあらゆるものを飲み込むカオス・キメラとなればどんな手段で攻撃を繰り出すか考えたくもない。

——おまけに暫定魔王⁈

「だ・か・ら、そーゆーのは勇者呼んで来いって！」

もう！　ばか！

全員馬鹿！　クラウスさんは、平凡な冒険者ぁぁぁああっ！

「いやいや、まぁまぁ、そう言うなって——」

ぽん。

気安く肩に手を乗せるのは愛すべきクソガキ、万年居候のメリム——。

「もっちろん僕も手を貸すぜ！」

ニカッ！　と人好きのする笑顔。

「って、ニカッ！　じゃねーわ、ふざけろッ、ボケ！」

お前がいて、どうにかなる問題か！

……くそぉ、無駄に可愛いのもまたむかつく！　クソガキのくせに。

「——だれがクソガキの居候だぁ！」

おめぇだよ。

「つーか、お前は！　エリクサー欲しさにまたそんな勝手なことを！　だいたい、俺一人でどうやって——」

リズぅ、何か言ってやってよー。

「ん……ううん。もしかして、できる……かも?」

眉間にしわを寄せたリズが、ぽつりと呟く――……。

……って、

「リ、リズさ～ん?!」

え、えええええ、今のリズさんが言った?

クラウスさんに一人で倒せって言ったぁあ?

「え? う、ううん! ひ、一人で――とまでは言ってないよぉ」

「いや、それ。一人じゃなきゃ、行けるッぽく聞こえるからね!」

「え? うん」

え、うん――……じゃねーわぁぁぁあ! 無茶苦茶言うなや!

うん、行けるでしょ? みたいに言うなやぁぁぁあああ!

「死ぬわ! 絶対死ぬわ! 死ぬ自信しかないわ! ……おおおい、リズぅ! お兄ちゃん死んじゃうよ?! いいのぉ? わかるでしょ、無理だって! 無理の無理無理無理! YOUは俺の冒険者の階級知ってるぅ? そして、アイツは、カオスだよぉ、カオスなキメラだよぉ! 上級モンスター一杯くっ付いてるよ、足し算で言えば、上級+上級+上級で上々級的なあれですよぉ!」

ほら見て! 見て見てぇ!

懐から取り出しましたるは、ギルド認識票《ドッグタグ》ぅ! この、この銀色に輝くこれこそ、中級の証!

……ふんっ! どこに出しても恥ずかしくない、中級冒険者クラウスさまであるぞー!

「いや、そんなに力説されても……」

「いや、力説するよ！　しないと、特攻させる気だよね⁈　みんなして、これイジメだよ！　うん、はい。この話おしまい！　…………………つまりね、無理！　無理なもんは無理ぃぃいい！」

やだー！　死んじゃうから、やだー！

じたばた。

「クラウスかっこわりぃぞ」「お兄ちゃん、見苦しい」

「うるせっぇぇぇえ！」

だいたい君たち薄情過ぎないかね？　男なら死ねぃってかぁぁぁあ！

特にリズさ―――ん！　ＹＯＵは、ちょっと前にサラザールとやりあってくれたじゃん！　中級の雑魚には倒せませんって、言ってくれたじゃんー！

「ん、んー。……だけど、ほら、何て言うか―――倒す道筋が見えるの」

「Ｗｈａｔ'ｓ！」

何言ってんのこの子。ＹＯＵは何を言ってますかぁ⁈

「ううん、自信とかじゃない。確信だよ」

ギュ！

クラウスのあまりな態度にもひるむことなく、リズはクラウスの手を握り締め、その瞳は宙空に照準を合わせる！

……あれは、もしかしてリズのスキル――【依頼の道標《クエストマーカー》】を見ているのか？

「ど、どういうこと……だ。まさか、み、見える……のか」

こくり。

リズのユニークスキル【依頼の道標《クエストマーカー》】で、カオス・キメラを倒す道筋が――！

「冗ッ談……だろ？」

「いひひっ！　冗談も、どうもこうもないぜ」

ニッ！

そう言って笑うメリムがなれなれしく肩に手を回して言った――。

「もちろん、僕の【直　感《インスピレーション》】も言ってるのさ――。行ける！　ってね！」

…………………雑ぅぅううう！

「超、雑ぅぅううう！」

なにそれ？　行ける？　それって、逝けるの間違いちゃうんかいの――！

嘘《うそ》つくなよ！　さっき、やばいのがビンビンとか言ってたじゃん！

お前が言うと信ぴょう性下がるんだよ！　そもそも、どこに行くねん！　あの世かぁ、地獄かぁ！　天国かぁぁぁあああ！　どのみち、生きて帰れる道が見えねぇぇえええ！

「いいからうるさい、クラウス――、覚悟を決めなさいよぉ」

車いすの肘掛けに体を預けながら欠伸《あくび》交じりにミカが言う。

「お、お前は他人事《ひとごと》だと思って……！」

「どぉ～かしらぁ？」

しかし、それを聞いたミカは肩をすくめると、ニッ！　と口角を上げながら隣に佇《たたず》むリズをそっと抱き寄せる。

「ちょ……お前、リズに馴《な》れ馴《な》れしいぞ」

「んっふっふ～ん。ここのみんなは一蓮托生《いちれんたくしょう》。だいたい、アンタはぁ、まぁだ義妹《いもうと》ちゃんのこと信じられないのぉ？　私《ワタクシ》は知ってるわよぉ～」

くすくすくす。

「ん、んな！」

だ、誰に向かって！

お兄ちゃんはなぁ、リ、リズのことなら好物から、机の中に隠してる日記に、胸のサイズまで全部知っとるわーい。

スパコ――――ン！

「って、なんで知ってるのよ！」

「いや、読んだし」

「読むなし！　もう、さいってー、知らない！　…………って、胸のサイズもぉぉおお！」

「いや、揉《も》んだし」

「「「揉むなぁぁぁあああああ！」」」

パッコ――――――ン！

「いっだぁぁああ！」

誰ぇ？　って、女の子全員――?!

「アンタってば最低ー」「うう、ブルブル。妹相手にそれはさすがに引くぞクラウス」「お兄ちゃん、信じらんない！」

「まぁ、コイツが最低なのは知ってますしぃ、それよりも、どうするのぉ、クラウスぅ――」

ニヤッ。

「――やるの、やらないの？」

くいくい、背後を親指で指し示すミカであったが、その言葉を切るや否や、ティエラが展張した煙幕がついに晴れていく！

そして、その煙のベールの向こうから、様々な魔物と融合し、今まさにレインを飲み込まんとするカオス・キメラの姿が開け開けと――……。

『ルロォォォォォオオオオオオオオオオオ$&%#$%&$%!!』

ビリビリビリ……！

空気を震わせる大音声に、燃える辺境の町を思い出すクラウス。

……それは日常の終わりにして、クラウス達兄妹《きょうだい》の世界が崩壊する序曲でもあった――。

(あの景色がまた再現される？　いや。時が経《た》てばあれ以上に酷《ひど》いことになるかもだって……？)

そんなの――……。

「……くそッ！」

奥歯をギリリと鳴らすクラウス。ほんとにどいつもコイツも――。

――シャキンッ！

「……ちぃ！　やるさ！　やればいいんだろ！」

覚悟を決めたクラウスが短剣を引き抜き、逆手に構える。

そして、伸《の》るか反《そ》るかってんなら、――――！　やってやるぁぁぁあああああああ！

「その意気やよーし！」

パンッ！　柏手《かしわで》一つ、ミカが意気揚々と胸を張り、壇上で花びらでもまき散らすようにして、開放的に両手を天にかざすと一気に言った！

「さぁさ、そうと決まったら――やるわよぉ！　クラウス・ノルドールの魔王討伐戦記の始まり、始まりぃぃい！」

「ええから、はよ言え！　どうすりゃいいんだよ！　具体的にぃぃい」

――何が始まり始まり～じゃ、クソボケ！

半ばやけくそ気味のクラウスであったが、とはいえ、負ける気も死ぬ気もない。ミカのことは気に食わないが、信じられるものがクラウスにはたくさんあるのだから。

そうとも。

最愛の義妹リズが勝てると言ったんだ。……だから、クラウスも勝ち目があると乗ったんだ。

なにより、
メリムの【直　感《インスピレーション》】、
リズの言う勝利への道筋、
そして、クラウスの長年の相棒――【自動機能《オートモード》】がここにある！

……ならば、勝てる！　勝ってみせる！

「だから言えよ！　どうすりゃ勝てる？　どうすりゃ奴に一撃入れられる――――！」

「んふふ～。そんなの決まってるでしょ――」

むちゅ♡

リズにキスを落とすミカが言った。

そう、それはボス戦でやるにはあまりにも不自然にして、あり得ない行為――。

つまり――。

「――あ～んたがレベルアップすればいいのよぉぉぉ♪」

第16話「超高速レベリング」

ドカンドカンドカンッ！

「どわぁぁぁあああ！」

「あっちちちぃぃぃい！」

狭い回廊を無数の魔法が着弾し、次々に地面を爆《は》ぜさせる。

「くっそー！　魔法が使えるなんて聞いてねぇぞ！」

「腐ってもキメラ種よ！　取り込んだ魔物の能力が使えるみたいね！」

キメラ種なら山羊頭が魔法を操るのは有名だが、コイツはカオス・キメラ——山羊に代わって魔法を使うのは、『空を覆う影の谷《かわ》』の中ボスクラスの中級悪魔のバフォメットの頭だった。

「ちっくしょー！　ブレスさえ躱せばいいんじゃないのかよ！」

「ブレスはブレスで厄介だけど、連射ができないみたいね！　その繋《つな》ぎとして魔法を使う——厄介なやつ……よッ！」

シュッ！

「いだ！」

メリムの頭を踏み台にして、ティエラが跳躍——そのまま、ムーンサルトを決めながら、懐から引き抜いた苦無《くない》を牽制《けんせい》として——投擲《とうてき》！

それは狙いたがわずカオス・キメラにカッ飛んでいくが——……。

――カァァン！

「ちぃッ！　頭部はやっぱり竜鱗《りょうりん》なみの装甲ね！」

「僕を踏み台にするなぁぁあ！」

額にティエラの靴跡をクッキリ残したまま、メリムが涙目で抗議する。

しかし、その直後に表情を一変させると、

「げっ……！　や、やばい、来るぞお！　躱せティエラぁぁぁあ！」

サッ！

その合図を機に、ティエラがメリムを抱えて、タタタタッ！　と壁走り！

それを追うかのように、カオス・キメラのアークワイバーン頭の口が怪しく輝く――そして、キュバァァッァァアアアア！　と、黒い閃光《ブレス》がまるでホースで水でも撒《ま》くようにティエラ達を追って壁を舐《な》める。

ドカンドカンドカンッ！

ドカンドカンドカンッ！

「うわ、うわわわわ！」「しゃべらないの、舌噛《か》むわよ！」

縦横無尽に壁や天井を駆けるティエラに徐々に追いつくそれであったが――。

「こなくそっ！」

ダンッ！　と最後に天井を蹴って地面に転がるように着地すると、そこで、ブレスが途切れる。

ドカ――――――ン……！

「ぜぇぜぇぜぇ！」「ひぃひぃひぃ！」

シュゥゥゥゥウ……！　寸前で途切れたブレスを青い顔で見つめるメリム達。

「し、死ぬかと思ったー」」

まさに総力戦だ。気絶したグレン達を除けば、ほぼ全力でカオス・キメラに立ち向かうティエラ達。

武装は乏しく、攻撃もほとんど通用しない化け物だが、勝てるかもしれないという淡い希望だけで戦闘を続けている。

「――ク、クラウス、まだかぁぁぁあああ！」

ドガーン！

「うっきゃぁぁっぁあああああ！」

メリムの叫びが悲鳴に変わる。運悪くカオス・キメラの魔法攻撃にさらされたようだ。

全力疾走からの着地の瞬間を狙われたらしい。あのブレスを躱した後だ、もはや魔法攻撃を躱す気力も体力もどこにもなかった。

「メ、メリム！」

「お兄ちゃん！」

思わず、駆け寄ろうとしたクラウスをリズが押しとどめる。

これは決定事項だ。煙幕が晴れるまでの――戦闘再開までの僅《わず》かな時間で決めたこと。

カオス・キメラ討伐の勝利条件はクラウスのレベルアップ！

それがリズの【依頼の道標《クエストマーカー》】が導き出した答えだった。実際のところはわからない。スキルは物を言わない、スキルはただ、そこにあるだけ！

だが、そのスキルが示しているのだ——！

——ブワッァァアアアアア‼

リズの瞳に映る無数の『▽《クエストマーク》』がベビーアークワイバーンの、その中の魔石の位置はここにありと示している！

すなわち、この魔石こそが勝利への道筋の一つということ！

だから、

「決めたでしょ！　今はこれしかないの！」

ブンッ！　リズが解体ナイフをふるって、ベビーアークワイバーンを掻《か》っ捌《さば》いて中から取り出した魔石をクラウスに投げてよこす。

短時間でレベルアップするにはもうこれしかないし、【依頼の道標《クエストマーカー》】もそれをしろとばかりに促していた。

「く！　わかってる」

パキィイン！　僅かばかりの逡巡《しゅんじゅん》をふるい落としクラウスは魔石を砕くと経験値を吸収する。

——クラウス・ノルドールのレベルが上昇しました！

「よっし‼」

……行ける!!

何が行けるのかわからないけど、行けるはずだ!!　なにせ、リズがこれでクエストを達成できると言ったんだからなッ!!

「まだだよ！　全然足りない！　クエストは継続してる！」

リズの目にはいまだに大量の『▽《クエストマーク》』が表示されているらしい。

「く……！　わ、わかった！　もっと、もっと集めよう!!」

「うん！」

リズのサムズアップ！　全身が汚れるのも厭《いと》わない義妹《いもうと》。だけど、彼女だけにさせるわけにもいかず、クラウスも解体ナイフをふるって魔石を集める。

もはや無心で、遮二無二ナイフをふるってベビーアークワイバーンを捌いていく。

「うりゃりゃりゃりゃぁっぁあああ!!」

ザクザクザクッ！

「お兄ちゃん！　それじゃない、こっち！」

「ん？　おう！」

……これか?!

リズが指示する先の死体には魔石があるらしい。そして、リズも慣れた手つきでその死体を捌いていき、次々に魔石を取り出していくのだが――……。

※　本日の成果　～ドロップ品（魔石）～　※

魔石（中）×1

※　※　※　※　※

「くそ！　ちっせぇ！」

魔物というのは、そのすべてが魔石を持っているとは限らない。おまけにサイズは、まちまちだ！

これだけ大量にベビーアークワイバーンの死体があるにもかかわらず、含有率はせいぜいそのうちの1割程度。もちろんそれでもかなりの数に上るが――。

「お退《ど》きなさいなぁ」

「うわっ、って、ちょぉおお……！」

そこに現れたのは、ボロボロの恰好《かっこう》になった一人の性悪女。

もちろん、かつてクラウス達に敵対し、激しく激突した――腹黒き白き女……ミカ・キサラギその人だ‼

「って、しつこいのよ！　いつまで性悪性悪って、もー！」

ふんっ。いいことぉ？

「……ちまちま1個ずつ集めてちゃあああああ――陽が暮れるわよ‼」

さぁさ、起き上がりなさーい！

「私の可愛いお人形さんたちぃぃいいいいい！」

逝けッ！

【生命付与《ライフオブライブ》】――Lv２『死体傀儡化《コープスパーティ》』!!

メリメリメリメリ……！

「どわぁぁっぁあああ！」「きゃぁぁぁぁぁあああああ！」

――ドパァァァアアン!!

ベビーアークワイバーンの死体を捌いていたクラウスたちが吹き飛ばされる！　なぜなら、全ての死体が起き上がり、クラウス達を組み敷かんばかりに咆哮《ほうこう》したのだから!!

「いててて……」「お尻がいたい～」

仲良くお尻をさするクラウスとリズ。

そこに、群れを成す「傀儡《パペット》ベビーアークワイバーン」が産声を上げたかと思うと、ぐずぐずに崩れた体のまま、鉤爪《かぎつめ》を振り上げたッ。

そして、目を閉じるクラウス達の眼前で…………ズンッッッ――と、自らに突き立てた！

――ブシュゥゥゥウウウウウ！

「馬ッ鹿ねぇ、チマチマ1個ずつ回収してちゃあ、日が暮れるわよぉぉ」

チッチッチ！　指を振りながらウィンクをかます性悪女。

直後、バラバラバラ――カツ～ン♪　と無数の魔石が転がり落ちる。

「うお。おおおお!!　すげぇ！」

「お、お兄ちゃん早く！」

慌てて、死体の山から捻《ひね》り出《だ》された大量の魔石をかき集めるクラウス達。足元に転がり涼やかな音を立てるそれは数えるのもバカバカしいほどの量だ。

こ、これだけあれば――。
「うん!! 行けるよ、お兄ちゃん!」
リズも力強く頷《うなず》く。
……おうよ!
リズのお墨付きだ! ならば、これが正解――! これで勝てる!
ならば、
「――ためらう理由などない!」ふんッ!!
パキ――――――――――――――ン!!
一挙に破壊した魔石の山と、そこから……ブワッ! と、溢《あふ》れる経験値の光!!
「クッ!」
その瞬間ッ! ――ブワァァァアアアアアアア! と体を駆け巡る経験値の奔流!

――クラウス・ノルドールのレベルが上昇しました!
――クラウス・ノルドールのレベルが上昇しました!
――クラウス・ノルドールのレベルが上昇しました!
――クラウス・ノルドールのレベルが上昇しました!
――クラウス・ノルドールのレベルが上昇しました!
レベルが、レベルが、レベルが、レベルが上昇しました!

「うぉぉぉぉおおおおおおおおおおおおお！」

メリメリと内側から自分が変わっていく感触にクラウスは全能感に包まれる！

（す、すげぇ……すげぇぞ、この経験値の量!!）

今までにない大量のレベルアップにクラウスの中から力が溢れて、全身に漲《みなぎ》っていく。指先一本に至るまで、ステータスが漲っていく。髪の毛に至るまで魔力が宿り、細胞が体力の上昇に震える!!

――クラウス・ノルドールのレベルが上昇しました！　レベルが上昇しました！　レベルが上昇しました！

そして、ついにクラウスの内側から溢れる光とともに、ユニークスキルを底上げするためのＳＰの数値が高速で回転し、上昇していく!!

元々あったＳＰが「＋35」で――それが、「＋48」……「＋69」と上昇し、それでも止まらないッ！

「ま、まだだ、まだ足りない！」

いったいいくつの魔石を破壊し、経験値を吸収したのだろう。かつて、ギルドの受付テリーヌさんに脅された言葉が脳裏に蘇《よみがえ》る。


「破裂するわよ」

は、破裂……。破裂……。破裂――――

「はッ！　破裂、上等ぉぉぉお……!!」

破裂する？　……上等!!　上等、上等、上等ぉぉぉおおおおお!!

――破裂でもなんでもしやがれッ！

「うぉぉおおおおおおおおおおおおお!!」

ＳＰ「＋82」……「＋１００」……「＋１０９」

クラウス・ノルドールのレベルが上昇しました！

　クラウス・ノルドールのレベルが上昇しました！

　　クラウスのレベルレベルレベレベレレレレベレレベベベベ――……レベルが上昇――

……。

ＳＰ「＋１２２」……「＋１２５」「＋１２８」……「＋１３４」

「これなら……」

これなら――!!

　「＋１４０」「＋１４３」……「＋１４９」

届く……！　届く――！

「届……く――」

そう……、

——クラウス・ノルドールのレベルが上昇しました！

※　※　※

レベル：102（UP！）
名　前：クラウス・ノルドール
スキル：【自動機能《オートモード》】Lv5
Lv1⇒自動帰還
Lv2⇒自動移動
Lv3⇒自動資源採取
Lv4⇒自動戦闘
Lv5⇒自動作成
Lv6⇒？？？？？？

●クラウスの能力値
体　力：602（UP！）
筋　力：426（UP！）
防御力：352（UP！）
魔　力：273（UP！）
敏《びん》捷《しょう》：432（UP！）

抵抗力：　１９０（ＵＰ！）
残ステータスポイント「＋１５２」（ＵＰ！）

※　※　※

あと少し――！

「――クラウス!!」

「おう！」

受け取れとばかりに、必死で囮《おとり》になりながらもチャッカリと回収していた魔石を投げてよこすメリム。そのケツが焦げているが、笑顔はさわやかだった。

……ナイス、居候ッ！　お前は…………「お前は、本当にいい相棒だよッ！」そう言うや否や、躊躇《ちゅうちょ》なく、パキ――――ン!!　と、メリムの投げてよこした魔石を短剣の柄で砕くクラウス!!　刹那ッ、

――クラウス・ノルドールのレベルが上昇しました！


さらなる追加の経験値がクラウスを次なる境地に押し上げる!!　現在クラウスのLvは１０３！

そしてＳＰは「＋１５５」

勝利条件に最も近いと思われるスキルレベル６まで、もう少しッ！

「ティエラ…………ミカぁ！」

……もう、わだかまりは捨てよう。

ずっと監視されていたことも、
試験中に墓所で激突したことも、…………すべて過去のことだ！

いい、い、
そんなことよりも今大事なのは、今のこの瞬間彼女らがクラウスの仲間であるということ!!

だから、

「クラウス！」「クラウスぅ〜」

ばっ!!　と差し出したクラウスの手に投げてよこされるそれを片手で一気に掴《つか》み取《と》るッ！

　パリィィィン――パキャ――――ン♪

ティエラが素っ気なく放り投げた魔石を叩《たた》き割《わ》り、
ミカが気だるげに、ニチャァと笑いながらよこしたそれを叩《はた》くように潰すクラウス。

その瞬間ッ！

ブワッ!!　と湧き立つレベルアップの光にクラウスが包まれるッッ！


――クラウス・ノルドールのレベルが上昇しました！


「は、ははは……！」

レベルは104で、SPは「+158」……！　SP「+160」まであと一歩。

……本当にあと一歩だ!!

夢にまで見たレベル100超えをあっさり果たし、ユニークスキルLv6の極致まであと僅か……！

こんな瞬間、ほんの数ヵ月前のクラウスが想像しえたであろうか？

外れスキル、ダメスキルと蔑まれたクラウスが……。

万年Dランク、ベテラン下級冒険者とあざ笑われたクラウスが――……否ッ！

かつて「お前、いらない……」とまで言われた【自動機能《オートモード》】がこれほどの極致にまで達するなど想像しえたであろうか?!

否ッ!!

　断じて、否ッ！

それでも、ここまで来た！　みんなの助けを得てここまで来た！　リズのユニークスキルが言ってのけたのだ！

クラウスなら勝てる！　と――。

……ならば疑うものかッ!!

リズが言うのだ。

愛する家族が言うのだ、クラウスに倒せと、

愛する義妹が言ったのだ、クラウス・ノルドールにクエストをクリアせよと！

愛するリズが言ってのけたのだ、そのために、あのカオス・キメラを超えるレベルアップを果たせと――!!

……ならば!!

「ならば、ラスト1個――!!」

リズっっ……!!

「……お兄ちゃん！」

クラウスの意志を100％汲《く》み取《と》ったリズが、寸分たがわぬタイミング、1ミリもずれない位置に差し出した大きな魔石！

それは、ひときわ大きく、美しく、温かく輝いており、クラウスを次なるステップへ誘《いざな》うッッッ。

「おうよ！」

その魔石を彼女の手ごと握り締め、ギュッとリズごと抱きしめるクラウスは、同時にその手の中で魔石を溶かすように握りこむッッ！

「………………ありがとうな、」

助けに来てくれて、
信じてくれて、
こんなダメな兄貴の義妹でいてくれて――――!!

「――リズ」

パキ―――――ン!!

刹那ッ、澄んだ音を立てて、最後の魔石が砕かれる。……次の瞬間、

――ガカッ!!

クラウスの体から光が溢れた！　すなわち、それが――。

――クラウス・ノルドールのレベ……

「……さ、させるか、貴様ぁぁぁぁぁああああああ！」

ドンッッッッッッ!!

「んなッ?!」

突如、強烈な踏み込みから放たれる必殺の一撃が、クラウス目掛けて炸裂《さくれつ》せんとするッ?!

――んなぁぁぁぁあ！

「だ、誰――！」

「――死ねぇぇぇぇぇぇえええええええ!!」

クラウスぅぅぅぅぅぅぅうううううううううううう!!

いや……！　誰も何も、それどころじゃないッ!!

……いったいどこに潜んでいたのか、カオス・キメラの背後から――ごぅ！　と一陣の風が駆け抜けた！

その風は、黒い影となり……凶暴な剣となり――狂刃となってク、ク、クラウ、ウ、ウスを、強、襲、す、る!!

そう!!

そうとも!!

そうだとも――!!

こんな時、

こんな瞬間、

こんな刹那に襲いくる奴《やっ》などただ一人――――――!!

……ゲ、

「ゲイン・カ――――――――――――――――――ッシュ!」

ど――――――――――――――――ん♪

「はははははははははははははははははははははは!」

あ――――ははははははははははははははははははははは!!

誰が叫んだか、その名前を呼ぶと、飛び出てしゃしゃり出てジャンジャカジャーン♪……最後の狂人――ゲイン・カッシュがその場に出現したのだったぁぁぁあああ!!

「そのとお――――――――り! 世紀のスキルの使い手、ゲイン様、見・参・ッ!」

そしてぇぇぇぇ……。

「――おぉぁっぁああああああああああああああああああああ!!」

ヌラリと輝くのは、誰の血を吸ったか――鮮血に塗《まみ》れた大剣が一本ッ!

そして、貰《もら》ったぞ、クラウスぅぅぅぅぅぅぅぅうううううううう!!

――――……あぶないっ!

「クラウス⁈」

「クラ――――ウス‼」

「クラウスぅ～⁈」

少女たちの叫びもむなしく、切っ先がクラウスに達して直撃するッッ！

ん～！　手ごたえありッ！

「あはははははは！　――――もう、おそいッ！」

その剣は鋭く、醜く、汚い‼　だが、完全なる殺意に彩られたそれはクラウスの脳天を一撃で刈り取らん意志にあふれていた。

一切の躊躇なく、

一切の躊躇《ためら》いもなく、

一切の許容も慈悲もなく‼

クラウス・ノルド――――――――――――ルの首を、ゲイン・カッ――――――――――――

――シュが刈り取るのだ‼

「お兄ちゃ――――――――――――ん‼」

「あ――――――――ははははははははははははははははは――――――――――――……勝った！」

勝ったぞ！

……勝った、ぞ？

「か、勝…………………──な、なん、だと?」

ミシ……ミシミシミシ──。

「ステータスオープン」

なんだと……!

「き、貴様! お、俺の剣を──……」

叫ぶゲインを無視してステータス画面が中空に現れる、そこに表示される驚愕《きょうがく》の数列!

そう、それは……! それこそが──────!

「な、な、な、なんだとぉぉぉおおおおおおおおおお!」

ぶぅぅうん……!

※ クラウスのステータス ※

レベル:105(UP!)

名 前:クラウス・ノルドール

スキル:【自動機能《オートモード》】Lv6(UP!)

Lv1⇒自動帰還

Lv2⇒自動移動

Lv3⇒自動資源採取

Lv4⇒自動戦闘
Lv5⇒自動作成
Lv6⇒自動攻略（NEW！）
●クラウスの能力値
体　力：617（UP！）
筋　力：438（UP！）
防御力：361（UP！）
魔　力：282（UP！）
敏　捷：445（UP！）
抵抗力：194（UP！）
残ステータスポイント「+1」（DOWN！）

※　※　※

そう。
これこそが、リズが見た【依頼の道標《クエストマーカー》】の示す勝利への道――！
スキルLv6『自、動、攻、略』を取得した瞬間である！

第17話「スキル『自動攻略』」

「なんだとぉぉぉぉおおおおおおお！」

ゲインが剣を振り下ろした直後、果たしてそこには、瞑目《めいもく》したクラウスが立っていた。

だが、それはまるで、何事もなかったかのように、ゲインなどいないかのように狂刃をたった二本の指で挟むクラウスがそこにいた！

「ば、ばかなぁっぁぁぁあああああああ！」

うっすらと目を見開いたクラウスの視界。

しかし、そこにゲインはいても、そこにゲインは映っていなかった。

なぜなら……なぜなら、もはやゲインは敵にあらず――ゲインなんてただの障害物で、そんなものよりもクラウスの心を奪うものはただ一つ！

……そう！　ユニークスキルLv６『自動攻略』である！

「じ、自動……攻略？」

ギチギチとゲインの剣を摑《つか》み取《と》ったまま驚愕《きょうがく》するクラウスはすかさずヘルプを起動。

直後、その目の前にブワァッ――と情報が開示されていく。

「こ、これは……！」

※　※　※

スキル【自動機能《オートモード》】

能力：SPを使用することで、自動的に行動する。

Lv1自動帰還は、ダンジョン、フィールドから必ず自動的に帰還できる。

Lv2自動移動は、ダンジョン、フィールド、街などの一度行った場所まで必ず自動的に移動できる。

Lv3自動資源採取は、一度手にした資源を、必ず自動的に採取できる。

Lv4自動戦闘は、一度戦った相手と、必ず自動的に戦闘できる。

Lv5自動作成は、一度使ったアイテムを、必ず自動的に作成できる。

Lv6自動攻略は、一度攻略したダンジョン、フィールドなどを、必ず自動的に攻略できる。（NEW！）

※　※　※

なんっだ、これ……。
「う。嘘《うそ》だろ……？　い、一度攻略した…………ダンジョン、フィールド等を──」
──か、必ず、
自動的に、
攻・略・で・き・るだとぉぉぉぉぉおおおおおおお⁈
「んな、アホなぁぁぁああああああ‼　ダダダ、ダンジョンや、フィールドだぞ⁈　そ、それを……自動的に？　え？　えええええ————?!」

んなアホな?!　んなアホな!!

「んなアホなぁっぁあああ!!」

だが、クラウスだからこそ、その性能のぶっ飛び具合に気付く。そして、それが決して誇張でないことすら知っている。

だって、今までもそうだったから。これまでも、そうに違いないのだから——！

……ブゥン！

直後、ステータス画面が飛び出し、攻略可能なダンジョンが表示されていく。

「おいおい、マジかよ……」

※　※

《攻略先を指定してください》

●ダンジョン
⇒夕闇鉱山　攻略率95％
暴かれた墓所（地下）攻略率75％
臭気の洞穴　攻略率20％
苔《こけ》むす祠《ほこら》　攻略率15％

破砕された見張り台　攻略率17％
・
・
古《いにしえ》の休憩所　　攻略率21％

●フィールド
⇓霧の森　　攻略済み
毒の沼地　　攻略済み
嘆きの渓谷　　攻略済み
暴かれた墓所（地上）　攻略率34％
小高い哨所《しょうしょ》　攻略率18％
朝露の草原　　攻略率11％
小さな古戦場　　攻略率24％
忘れられた小径　　攻略率13％
赤い渓流　　攻略率18％
廃れた商いの道　　攻略率6％
東雲の深山　　攻略率55％
破砕された見張り台（地上）　攻略率10％
蟻《あり》の荒れ地　　攻略率10％

枯れた松林　　　　　　攻略率19％
耳鳴り渓谷　　　　　　攻略率27％
赤く錆《さ》びた街道　　　　　　攻略率43％
・
・
・
空を覆う影の谷　　　　　　攻略済み

●その他
⇓辺境の町の地下墓所《カタコンベ》　　攻略率13％
辺境の町のギルド地下　　攻略率２％
ノルドール家　　攻略率１％

※　※

「こ、これって、自動的に攻略できるダンジョンの一覧――…………？」

無数に表示されるそれらは、クラウスが挑戦した冒険者人生の集大成なのだろう。

霧の森から始まり、空を覆う影の谷に終わるそれら。

おそらく、「ヘルプ」を見るに、攻略済み表示のそれらが一度攻略したダンジョンとみなされるのだろう。……すなわち、そのダンジョンであれば何度でも自動的に攻略できるという、わ、け……。

「……って、ぅおぉぉお〜い！」

な、なんでだ？

なんで、なんだよ！

確かに、いくつかは攻略途中なのがよくわかるほど中途半端な数字が躍っているが――。

「――な、なんで……『空を覆う影の谷』が攻略済みなんだよぉぉおお?!」


こ、これはいったい？

攻略済みフィールドの中には確かに……『空を覆う影の谷』の名称がくっきりと――!!

だが腑《ふ》に落ちないのは、すでに攻略済み扱いとなっていること。

その理由は知らんし、知る必要もないッッ！

「そんなことより、大事なことは――それがリズの見たクエストクリアへの道であり、今ここでこのフィールドが攻略可能であるという事実のみ――……のみ！」

……だから、

「――――悪いな、ゲイン！」

「んなッ！　……ク、クラウス――お、おおおお、お前、ま、まさか」

クラウスの表情を見たゲインが、何かを察したのかみるみるうちに顔面を青く染めていく――。

まるでゲインを見ているようで見ていないその表情。

すでに、完全に相手にならず、敵とすら認識されないそれ――……。そう、その日だ。

それは、
あの日、あの時、あの刹那に見たクラウス・ノルドールの目だ！

「――あ、あ、あ、ぁぁぁぁああああああああああああ!!」

叫ぶゲインの脳裏に一瞬浮かんで消えたのは、あの辺境の町で相手にもされずに、目の前で得物であったはずのアークワイバーンをかっ攫《さら》われたあの瞬間であった。

だから、大きく息を吸い込んで――叫ぶ！　止める、切り殺すぅぅっぅう――――！

「……お前は、また、僕との勝負を避けるつもりかぁぁぁぁぁああああああああああ!!」

「はは……。勝負だぁ⁇」

だが、激昂《げきこう》するゲインとは対照的に、平静な声で笑うクラウスは、いつもと何ら変わらぬ様子で笑い飛ばす。

そして、ビシッ!!　とゲインに中指を立てて突き付ける。

勝負？　はは、笑わせるぜ。

そうとも!!　そんなもん、そんなもん――……！

「……端《はな》から、つける気ね――――――――よぉ!!」

アホがぁぁぁああ！

「んなぁあ?! ——さ、させるかぁぁっぁぁあああああああああああああ！」

ふんっっっっ——————！ 最大の力を込めて大剣を一閃《いっせん》させたゲインっ！

クラウスの目を見て、このままでは逃げられると確信したゲインは、剣に力を込めてクラウスの首を切り落とさんとした。距離は数ミリもない。……もはや力のベクトルをほんの少し変えるだけで、クラウスの首ははじけ飛ぶ!!

そう。この距離、この膂力《りょりょく》、この一撃なら確実に仕留めることが——……。

そう——ボンッ……となぁッ！

だが、それは——……。

「はぁぁぁぁあああああ————スキル…………『自・動・攻・略』ッ」

ブゥン……。

※　※

《攻略先：空を覆う影の谷》

⇓攻略にかかる時間「0：28：33」

※　※

……たったの28分？

ニッ。その数字を見て、人知れず口元を緩めるクラウス。

だってそうだろ？　あのアークワイバーンには数時間かかったんだぜ？

なのに、今となっては格上ダンジョンすらたったの28分で攻略できるというのだ——笑わずにいられようか。

「……こりゃ、楽勝だぜ」

「んな?!　……ほ、ほざけぇぇぇぇぇぇぇぇぇぇぇぇ！」

もちろん、ゲインに言ったわけじゃないが、言ったも同然。

いや、もう言う価値もない。なぜなら、クラウスは——！

そう、クラウスは！


カッ!!

「——発動ッッ！」


人知れずガッツポーズを決めたクラウス。そして、間を置くことなく——光に包まれ、だんだんと意識が闇に落ちていく。

その瞬間、クラウスは————すでに勝利していたのだから！


『ルロォォォォォォオオオオオオオオオオオ$&%#$%&$%!!』

意識を手放す最後の最後に、カオス・キメラの断末魔の声が聞こえた気がしたが……それも、すぐに間遠くなる。

そして、クラウスの意識は闇に落ち――次に目が覚めた時。

クラウスは『空を覆う影の谷』を攻略していたのだった……。

第18話「おかえりとただいま」

「……冗談でしょ」

「でたらめだわ……」

全身筋肉痛で動けなくなったクラウスを呆然《ぼうぜん》と見ているのはティエラ達、クラウス一行だ――。

彼女らはクラウスが意識を失う前とほとんど変わらぬ位置、ほとんど変わらぬ格好で、ただただ呆然としているのみ。変わったのは、サァァァ――と清浄な空気が吹き抜ける『空を覆う影の谷』だけだろうか？

「は…………！　ど、どうなった――うぎぃ！」

短剣を振り下ろした姿勢でしばらく硬直していたクラウスが目を覚まし、開口一番奇声を上げる。

「いだだだだだだだだだだだだだ！」

ミシミシミシィ……！　体の軋《きし》み音《おん》に、いつ、い、いつもの地獄の筋肉痛がやってきたことを実感するクラウス。

「ぐぅう、し、死ぬぅ……」

せめてもの気休めとばかりに高級《ハイ》ポーションを口にするが、焼け石に水だ。

なにせ、傷というよりも筋肉がバラバラになるほどの苦痛が伴うのだ。ポーションの僅《わず》かばかりの鎮痛効果でどうにかなるものではない。

それもこれも、無茶苦茶な機動が原因だと思われる。……もっとも、クラウスにその実感はないけどね。

「あぅぅ、筋トレしないとなー」

「筋トレも結構だけど、まずはお疲れ様——そして、どうなったもこうなったも、自分の目で見なさいよ」

ポリポリと頭を掻《か》くティエラは、クラウスに肩を貸しながら地面に散らばっている綱のようなものを摑《つか》み上《あ》げると、サァァ……と清浄な空気の中に流した。

どうやらあれが、

「ええ。カオス・キメラの成れの果てね——まさか、本当に倒すなんて」

「お、おう……マジか」

どうやって倒したのか覚えていないが、やはり『自動攻略』を最短で達成するためカオス・キメラをクラウスが倒したらしい。やり方は知らん。

それよりも、今この光景を見て、どこかで見たような気がしたと思えば、あれだ——……辺境の町でアークワイバーンを討伐した時のそれだ。

だって、見知った顔に、『特別な絆《スペシャルフォース》』の面々もいるんだぜ、そりゃデジャブも感じるわな。

そして、それによってもう一つ確信できたこと。

「そうか、あの時のアークワイバーン……」

『自動攻略』の対象に『空を覆う影の谷』が攻略済みとなっていた理由は、おそらく以前討伐したアークワイバーンが換算されていたためだろう。

フィールドを逃げ出したとはいえ、元々はこのフィールドのボスだったと聞く。……だから、この『攻略』は、おそらく、バグのようなものだろう。

（……まったく【自動機能《オートモード》】はいかれてるぜ――）

「おいおい、黄昏《たそがれ》てないで片付け手伝えよー」

メリムが少し離れた場所でブーブー言っている。……いや、片付け？　っていうか、全身バキボキ――……って、うげ！

思わず飛び上がるクラウス。

全身が悲鳴を上げるがそれどころじゃない――……。

「こ、これって――し、死体か？」

「ええ、傭兵《ようへい》のそれねぇ」

肩を貸していたティエラがそっと、傭兵の目を閉じさせる。

……彼は、カオス・キメラに飲み込まれていたうちの一人だろう。もはや人数すらわからないほどバラバラになってこの場に残されていたもの。

幸いというかなんというか、完全に吸収されなかったおかげで、フィールドが清浄化された際に異物として残されたらしい。

「安心して、ギルドの後続隊が回収するから」

「い、いや、別に俺は――」

『特別な絆《スペシャルフォース》』のメンバーなのだろうが、面識はない。ユニークスキル以外のメンバーはそこそこ入れ替わりがあったからな。

残っている古株なんて僅かしか――……。

「ッ！」

よ、傭兵の死体があるってことは――もしかして！

「わ、わー！　いた！　いたよぉ！」

この声は…………シャーロット？

「――ク、クラウスこっち！　こっちきて、ね、ねぇ！　メリムはそっちを持って！」

「へ？　こっちって……」「いや、そっちって言われても――」

戸惑うクラウスとメリムであったが、すぐに事態に気づいたティエラがクラウスそっちのけで飛び出していく。

「いで！」

「シャーロット、落ち着きなさい。まずは、気道を確保！　――あと、ミカ!!　隠してるポーションとか全部出しなさい！」

傭兵の死体に交じって赤い髪がチラリと見える。

あれってもしかして――。

「えぇー。これ私《ワタクシ》の自腹なんだけど――」

「えー、じゃない！　いいからさっさと出す！」

いまいち事情がつかめないクラウス達であったが、てきぱきと指示を出していくティエラに従うことに。

（それにしてもティエラの奴《やつ》タフだよなー）

……彼女自身も満身創痍《まんしんそうい》だろうに、それをおくびにも出さない。

「いい？　引きあげるわよ⁉　いちに、さん！」

ティエラの合図とともに、死体の山と装備の残骸を排除するクラウス達。そこには果たして――

ガラガラガラッ！　ドサッ！

「げっ！　こ、これって……レインさん⁈」

「わ、わぁぁぁああ！　レインー！」

その首に縋《すが》り付《つ》くシャーロット。……なんと、フィールドとともに消えていくカオス・キメラの残骸の下から、バラバラになった傭兵の死体に交じってレインが埋もれていたのだ。

顔色は土気色で一見して生きているようには見えない。

だが、

「落ち着けシャーロット。……そう簡単に死ぬ人じゃないさ――。ティエラ、手伝うぞ。メリムは、そっち持ってくれ、せーの！」

ぐい！　と、レインを引き起こし、筋肉痛で痺《しび》れる体のまま、彼女の容態を確かめようとしたクラウスであったが、

「うッ……！」

次の瞬間、その出血の激しさに思わず口を押さえてしまう。

「こ、これは……」

あまりにも……あまりにも酷《ひど》い。

かろうじて心臓は動いているが、出血に……傷が――。そして、

「う、腕が……」「ひ、ひでぇ」

思わず顔を顰《しか》めるクラウスとメリム。あのミカでさえも眉間にしわを寄せるほどだ。

「な、何てこと……。まるで、無理矢理もぎ取ったような傷だわ」

もぎ取るも何も、レインの腕は――……いや、言うまい。

せめてもの処置としてティエラがレインの傷口をきつく縛り、ミカが隠し持っていた高級《ハイ》ポーションをかけるが、彼女を呻《うめ》かせるだけでほとんど止血の効果はなさそうだ。

いくら高級のポーションでも欠損部位には効果が薄い。

「くッ！　……これじゃ焼け石に水ね。だけど、ここじゃほかにどうすることも……！」

バンッ!!　地面を思いきり叩《たた》くティエラ。彼女だってみすみす死なせたくはないのだろう。無駄とは知りつつも、ポーションをさらに傷口に振りかけ、開いた口に注ぐが……本当に気休め程度だ。

くそ、なにか、何かないのか?!　そもそもいったい何が――。

「そ、そうだ！　シャーロット、治療の助けになるかもしれない、だから、何があったか詳しく――」

「うわぁぁぁあん！　レインー！」

ちぃ！　泣いてちゃわかんねぇだろうが……！

「ゲインが……ゲインがぁ！」

ゲイン？

あいつがいったいなにしたってんだ……――あ！

「そ、そうだ！　ゲインと言えば！」

「ん？　ゲインがどうかしたのか。アイツならあっちの方で伸びてる――…………あああ、そうか!!」

クラウスの指摘にようやく思い出すメリム。

……っていうか、お前それが目的だっただろうがよ!!


「「エリクサー!!」」


あった!!

そうだ、あったぞ！　……一つだけ、レインを救う方法が!!

「は？　なんなのよ、アンタら――どうしたってのよ？」

額に汗しながら必死で止血しているティエラが怪訝《けげん》そうに振り向くと、勢い込んでクラウス達が言った!!

そう――……。

「ゲインだ!!　ゲインなら、エリクサーを持っているはずだ!!」

「エリクサー？　……あッ！　そ、そうか!!」

パッ！　と表情が輝くティエラ。彼女をして失念していたらしい。

だが、無理もない。ティエラの任務はあくまでも偵察と調査だったはず。成り行きで根本を倒してしまったが、まさかこんな事態になるとは想像もしていなかっただろう――。

しかし、それを聞いてしまえば、ティエラも大きく頷《うなず》く！　ギルドでもつかんでいたはずだ――

ゲイン達カッシュ財団が買い占めたというエリクサーのことをッ！

さらに言えば、そのうち何本かをゲインが持っているというのも事前情報でつかんでいる。

ならば……！

「おい！　ミカ、ティエラ!!　ゲインだ！　ゲインを探せ!!」

メリムはアイツは伸びていると言っていた。

なら、奴もそう遠くには行っていないはず。ただ、クラウスが最後に見たのは、【自動機能《オートモード》】を発動する寸前まで、その間どうなっていたかはまるで知らない——。

……でも、きっとその辺に——。

ドカ————————————ン!!

「どわぁっぁああ！」

突如、瓦礫《がれき》の一角が爆散し、バラバラと降り注ぐ破片！　メリムがひっくり返っている…………

って、んなぁぁあ?!

「お、お前……！」

瓦礫から顔を守るクラウス。

さらに言えば、当然のようにその背後にはリズが庇《かば》われていたのだが……。

「おらぁぁぁぁぁああああああああああああ!!」

ブンッ!!

「おわッ！　あ、あっぶねー‼」

濛々《もうもう》とした土埃《つちぼこり》のベールを突き破って現れた者が剣をふるって手近にいたメリムを狙う‼　って、コイツ――‼

「ゲ、ゲイン……⁉」

「な、なんちゅうタイミングだよぉ！」

腰を抜かしたメリムの言う通り、すっさまじいタイミングだ‼

っていうか、しつけぇぇぇえ！

……こいつ。まさか、瓦礫の下で聞いていたのか――⁇

「んなわけあるかぁぁぁあ‼　てめぇ、クラウス――……テメェという奴はぁぁぁあ‼」

おらぁぁっぁあああああああああああ‼

虚空に向かって雄たけびを上げるゲインは一見して満身創痍というありさまだが、いまだ元気満々にも見える。

「いつもいつも、いつもいつもいつもいつもいつもいつもぉぉぉおおお！」

俺だ‼

ゲイン様だぁぁっぁああ！

俺がゲイン様なんだぞ、その俺を無視して勝手に先に進むなぁぁっぁあああああああ‼

「は、はぁぁ？　何言ってんだお前――……って、おま、なにするつもりだ‼」

妄執にとりつかれた顔のゲインであったが、その目は爛々《らんらん》と闘志に満ちており、視線だけでクラウスを射殺さんばかり！

それどころか、まだまだやれると言わんばかりに――懐に手を突っ込むと、小さな薬瓶を取り出し、キュポン！　と……。

「って、まさかそれは！」

「は、はは……！　はははははははは！　知れたこと!!　高貴な者だけが口にし、高給取りだけが手にすることができる妙薬よぉ!!」

お前ごときでは一生手にすることのできない物さぁぁああっ!!

グビグビ――ぷはぁぁ……。

「は、ははは。はははははははは。みろッ、漲《みなぎ》ってきたぞぉぉっぉぉおおおおおお!!」

メリメリメリと、筋肉から蒸気が吹き上がり、体中の細かい傷を癒し、魔力すら満ちていくその様子！

や、やっぱり！

そ、それは！　それがまさに、

「……エ、エリクサーじゃねーかぁぁぁっぁあああああああ!?」

やっぱり持ってやがったか!?

やっぱりコイツが買い占めてやがったか!!

やっぱり――……。

「お、おい！　ゲイン！　そ、それをよこせ！　早く――レインが……レインさんが――」

そこまで言った時、クラウスはハッ！　と気付く。異様な姿をしたゲインのそれに！

剣をぶら下げたその姿は三刀流。

ん、──三……刀って?

い、いつ、そんな姿に……。

いや、ま、まさか……。

「ク、クラウス急いで! レインが、レインがぁぁ!」

シャーロットが懇願し、……その視線の先、土気色をして、瀕死のレインを見てクラウスはよう

やく悟った。

そして、確信した──。

ゲインの背中に生えているもう一本の手。

銀色の義手──……いや、レインの血にまみれた『真っ赤な腕』は、まさしく──。

「……お前がレインさんの腕を奪ったのかぁぁぁぁぁぁぁぁぁ!!」

ジャキ────ン!!

「──そ・れ・が・どうしたぁぁぁぁぁぁぁぁぁぁぁ!!」

クラウスの声に応えるように、三刀流で構えるゲイン!

両の手に加えて、背から生えたもう一本の『赤い腕』が……血を滴らせる赤い腕が──────!!

『自律型義手システム』がぁぁぁ!

死ねやッ!!

「──クソ雑魚ダメスキル野郎がぁっぁぁぁぁぁぁぁぁぁ!」

ドンッ!!

瓦礫の爆《は》ぜる踏み込みとともに、クラウス目掛けて斬りかかるゲイン!!

だが、クラウスは動じない。動じてなるものか……！　何よりも、怒りがクラウスを突き動かした！

「ふざけんじゃねぇぇっぇえええええええええええええええええええ！」

人を！

「人を何だと思っているんだぁぁあああ！　ゲイ――――ン！」

ガキィイン！

至近距離で交差するクラウスの短剣とゲインの三刀流！

もちろん、ゲインに分があるのは明白だ！

だが！

「ふははは！　甘い、甘いぞクラウス！　俺以外の人間はすべて俺の獲物だぁぁあああ！」

だからぁぁぁああ！

ここの奴ら全員ぶっ殺してやるあっぁぁぁあああああ！

「ちぃ……！」

強い！　……強い――――けどッッ！

「クラウス、上だ！」

「おうよ！」

メリムの【直　感《インスピレーション》】に従うクラウス！

「んなにぃ！」

空振る剣にたたらを踏むゲイン。そこにすかさず、

「メリムさんはそのまま誘導してて！　あと、ミカさんポーション貸して！　……お兄ちゃん!!　次に斬撃は食らってもこれを使えば大丈夫!!」

ざんっ!!

「ぐわ――――……」

「はは!!　浅いか――だが、貰《もら》ったぁぁぁああ!!」

ゲインの攻撃が躱《かわ》せない軌道で迫り、クラウスの胸を浅く切り裂く！　その激痛に顔を顰めるが、クラウスは全く動じず、見もせずに後ろ手に、投げられたポーションをパシィィ!!　と掴むと一挙動で封を切ってグビリと一口!!

「って、んなぁっぁああ！　なんだそりゃぁぁぁぁあ！　てめぇ、後ろに目でも付いているというのか！」

つーか、

「な、なんだその動き！　なんだ、その連携――なんだ、お前たちはぁっぁぁあああ!!」

シュゥゥゥ……！

たちどころに消える傷と、全く動じていないクラウスを見て逆に動じるのはゲインであった。

「ふん！　たいしたことないなゲイン。……どうした？　もう来ないのか？」

だったら――……。

「こっちから行くぞッッ！」

ドンッ‼

今度は、クラウスも短剣を抜いて真っ向から斬りかかる‼

ここに至りスキルなんて必要ない！　何よりも、コイツにはわからせてやらないとな――――！

「ひっ！　馬鹿な！　何だその強さは！　お、俺が……俺が押されている？」

クラウスの裂ぱくの気合と視線に驚愕《きょうがく》するゲイン‼

もはや、その顔はパニックだ！　ただでさえ、追い詰められているというのに、ここに至って格下と信じていたクラウス相手に一撃たりとも有効打を与えられない現状に、顔面蒼白《がんめんそうはく》。

――馬鹿な、馬鹿な、馬鹿なぁぁっぁあああああああ‼

「なんで？　なんで？　レインのユニークアイテムも使っているんだぞぉぉお！　俺のユニークスキルだって、なのに、なのに……なんで、当たらねぇぇえんだよぉぉぉぉお！　なんで死なねぇんだよ‼　なんて、ずりーんだてめぇぇ‼」

数回にわたり、ゲインは『時間停止《タイム》』を使用していたらしい。

だが、スキルとて当たらなければどうということはない！　ゲインのスキルにだって射程はあるし、攻撃方向も限定されている。

ならば、リズのスキルとメリムのスキルがシナジーを発揮した今、回避位置にクラウスが避難するなど造作もないこと！　つまり――ゲインは絶対に勝てない！　一人では絶対に――――！

――絶対に！

う、う、う、うがぁっぁあああああ!!

「――なんで、なんで、なんでそんなに息が合ってるんだよぉぉぉっぉおおおお!!　だいたい、カスの貴様になんでそんなに手を貸す仲間がいるんだぁぁぁああ!!」

予期《メリム》の回答丸見え《リズ》のユニークスキルに、

「ずるいずるいずるいぞ、ずるいぞクラウスぅぅぅぅううううううううううう!!」

おかしいだろうがぁぁぁっぁぁあああああ！

「知るか、ばか」

「卑怯《ひきょう》だぞぉぉぉおおお!!　そんなコンビネーション――――――!!」

うぉぉぉぉおおおおおおおお！

来る!!

来る――――!!

奴の……奴のユニークスキルが来る!!

「ステータス、オープン!!」

「なぁぁ!!」

【自動機能《オートモード》】起動ッ!!

「や、や、や、」

「……スキルLv４『自動戦闘』（制圧）！」

ブゥウゥン……。

「やめろ……やめろ……や――」

※　※

《戦闘対象：ゲイン・カッシュ》▼オプション：制圧
⇒戦闘にかかる時間――――――00：00：02

※　※

「――やめろぉぉぉぉぉおおおおおおおおおおおお!!」

『時間停止《タイム》』

「――発動ッ!!」

カッ!!

その瞬間、二人の間でユニークスキル同士の戦闘が炸裂《さくれつ》する!!

もちろん、クラウスは、いつものようにフッと意識が落ち、目を閉じる。そして、目を開けた時
――。

……………たったの2秒で戦闘はケリがついていた――。

そう……………。

クラウスの勝利によって!!!


「わぁぁっぁあああああああ!!」

「おおおおおおおおおおおお!!」


クラウス!!　クラウス！　クラウス!!


意識の戻ったクラウスが見た光景はほぼ変化のないものであった。耳に届くのはメリム達の称賛の声！

……それもそのはず。たったの2秒でケリのついた戦闘だ。

おかげで地獄の筋肉痛も何もない。そして、制圧すべきゲインはといえば――――――は？

「コ、コイツ――……」

「やったじゃねーかクラウスぅぅ!!」

ぴょーん！　と抱き着くように飛びつくメリムを慌てて受け止めるクラウス。視界の隅でリズがむぅーと顔をふくれっ面にしていたが、今は気にすまい。

それよりもこれはいったい……。

「ゲ、ゲインの奴、どうなったんだ？」

ピクリとも動かないゲイン。

その表情だけはいつまでもいつまでもクラウスを小ばかにしたような、まるでその瞬間に勝利を

確信したままで止まっている…………止まっている⁇

って、止まって……いる、のか？

「なんだよ？　知らなかったのか？　あ、そうか」

「そうだよ、いつも言ってんだろ――【自動機能《オートモード》】中はどうなってるかわかんねーんだってての」

クラウスが見たのは、ゲインの最後の表情だ。

焦り、怒り、そして、起死回生の手を思いつき、『時間停止《タイム》』を放ったその瞬間――――……。

「あ……まさか」

「おう、そうさ。コイツ、何を思ったか、自分に『時間停止《タイム》』をかけやがったんだよ――――バッカじゃねーの？」

た、『時間停止《タイム》』を自分に⁈

そ、それって――。

「ええ、そうね……。これ、多分一生このままよ」

コンコン。

血汚れに染まったティエラが呆《あき》れたように嘆息しつつ、ゲインの頭を叩くとコツコツと硬質な音がする。

うげ……なんだこりゃ！

「あーあーあー。馬鹿ねぇ……自分の『時間』を止めちゃ、自分に対する時間の流れのすべてを受け付けなくなるのは当たり前じゃない」

「………………は？　――じ、自分の、時間の流れを受け付けなくなる……⁇」

ティ、ティエラさん、もう一回言って。

「難しい話じゃないわよ。『時間停止《タイム》』は、その時間で固定するものよ？　物質変化というのは時間の流れがあって初めて、影響を受けるわ――――つまり、」

「え。じゃ、じゃあ、つ、つまるところ……。ゲインは、『時間停止《タイム》』のク〰ルタイ〰ム〰を含めて、全ての時間が止まった状態ってこと……か？」

こくり。

「そうなるわね。これまではゲインの中にあるユニークスキルが制御していた部分もあったのでしょうけど――それすらも止まったら誰にもどうにもできないわ――……ばっかねぇ」

コキ～ン♪

最後にゲインの鼻を弾《はじ》くと肩をすくめるティエラ。

ど、どうやらゲインさん――……クラウスの【自動機能《オートモード》】に対抗するため、自分の時間を止めてしまったようだ。

だが、残念。クラウスが使用した『自動戦闘』は制圧モードだ。必ず倒す必要のない機能であり、制圧にはゲインのこの状態も含んでいたのだろう。……だから２秒。【自動機能《オートモード》】史上最短の戦闘だ。……ぶっちゃけゴブリンよりも早かった。

「……あ、そうだ！　エリクサー！」

「っ‼　そ、そうだった！」

ったく、いつもいつも、何かしらイベントが起こりやがる‼

だけど、それも最後‼　これで――……！

「あ、あったぞ!! あったぞ、クラウス! これだぁ!!」

「おぉ! でかしたメリム!」

クラウスとメリムが手分けしてゲインの体をまさぐると、腰の物入れの中に美しい薬瓶に入った虹色の液体が出てきた。

これがエリクサーかどうか初めて見るのでわからないが、ご丁寧にラベルが張ってある。よし、よかったかろうじて1本残ってた……!

――マジでギリギリだ。

ほかにはドラゴンキラーやら、強化薬やら色々とあるが、今、用があるのはこれだけ――!

「よ、よし! メリム、急いでそれをレインに! ……今なら間に合うわ」

「よ、よかったこれで……! メリムさん、早くエリクサーを。これでレインさんも助かるね」

必死で止血していたティエラとリズも胸をなでおろす。

そして、

「おい、早くしろって! メリム――それをレインさんに。…………メリム?」

「…………っ」

しかし、じっと佇《たたず》んだままのメリム。

訝《いぶか》しく思ったクラウスが顔を覗《のぞ》き込《こ》むと、

「お、おい。……メリム? どうしたんだお前――??」

「……あ、あのよぉ、」

「な、なんだよ? 時間がないんだから――さっさと……」

ふるふるふる。

「いや、ふるふるって……おまっ」

「な、なぁ、クラウス……。これって最後の1本……だよな？」

「は？　それがどうした――」

「…………ッ！　そ、それがどうした?!　それがどうしただって?!　それがどうしたなんてよく言えるな！　さ、最後の1本なんだぞ!!　最後の――――？」

「は？　だから、それを――――……………って、お、おまッ！　ま、まさか！」

「馬鹿野郎！　まさか、だって？　お前が『まさか』だよ、バーカ！　ぼ、僕が何のためにここに来たと思ってんだよ！　何のためにぃぃい！」

ギュッと握り締めたエリクサーを後ろ手に隠してしまったメリム。

そして、キッ！　と仲間を……仲間と思っていたクラウス達を睨《にら》むとじりじりと後ずさる。

「こ、これは渡せない……！　いや、渡さない！　だって、これがないと、故郷のみんなを救えないんだ――――」

そうとも、

エリクサーがなければ、1万人の領民を救えないんだ!!

「な！　メ、メリム、それは――！」

言葉に詰まるクラウス。

確かに彼女の事情は知っていた。そして、聞いていた。……協力するのもやぶさかじゃないと思っていた――。

――だけど!!

「だ、だ、だけど？　……だ、だ、だけどって、なんだよ、だけどってよぉぉお！　――ぼ、僕にだって理由がある!!　事情がある！　故郷も愛する人も待っている家族もあるんだ！　だから、僕にだって報酬があったっていいだろ!!　なぁ、クラウスぅぅぅううううううう！」

僕には、

「僕には1万人の命の重さがぁぁぁぁああああああああああ!!」

――はぁはぁはぁはぁ……！

「くっ……」

メリムを半包囲する形で硬直する仲間たち。

まさか、こんなところで――。

取り合いたくはない。

奪いたくはない。

そんなことしたくない!!

（……だけど、どうすれば――！）

「ま、待ちなさい！　い、今はそれをこっちに渡して――ちゃんと後日代わりを」

「おためごかしを言うなよ‼」

ギロリ！

メリムの鋭い眼光に射貫かれティエラが押し黙る。そして、メリムの言い分を聞いて顔を背ける。

……そりゃ、ティエラだって知っているし、メリムに話してしまった。

なにせ、すでに市場にはエリクサーがないことを皆知っているのだ。……そして、メリムには時間がないことも！

「ほーら、言えないだろ。……なぁ言ってみろよ、なぁ！　後日ってよぉ、いつだよ！　お前らの言う後日はいつだ！　次はいつ手に入るんだよ‼　……それがわからなければ、僕にはこれが必要なんだ！　これがぁぁぁああ！」

く、くそッ！

なんてこった……ゲインの野郎、がぶがぶ飲みやがってぇぇえ。


――『空間圧縮』！


「うわ！」

突如、メリムの体が透明な何かに引き寄せられる。

その先、透明な何かを生み出したシャーロットが据わった目でメリムを睨む。

「……そんな事情は知らない。いいから、それをよこして――渡さないなら、次は容赦はしないから？」

「な⁉」「シャ、シャーロット」

睨み合うクラウス達を押しのけてゆらりと立ち上がったのは泣き腫らした目のシャーロット。

その瞬間、ミシ……ミシミシと、シャーロットの周囲の空間が歪《ゆが》む。

……どうやら、シャーロットのユニークスキルの【空間操作《スペーススポーク》】が空間を歪ませているらしい。

ゲインやクラウスとは違った意味で最強クラスのユニークスキルだ。

これはまずい……。

だけど、その目は覚悟を決めた者のそれだ！

「んな！　て、てめぇ……！」

「てめぇ？　……いいよ？　好きにしなよー。君は、渡すつもりはないんだよね？　……なら、奪うまで――……1万人の領民？　知ったことじゃないよ」

「な、なんだと‼」

あっさりと言い放つシャーロットに、憤怒の表情を見せるメリム。

（こ、これはまずい……！）

メリムの事情もわかるし、シャーロットの気持ちもわかる。わかるだけにいったいどうすれば

――……。

「ふ、ふん！　なら奪ってみろよ‼　だ、だいたいなぁ、お前らは犯罪者まがいだろうが‼　そんな奴の一人や二人と、僕の背負ってるものを一緒にするな！」

「ふーん？　それで、言いたいことはそれだけ？　……じゃ、行くね――」

シャリンッ!!

隠し持っていたナイフを二手に構えたシャーロットが半身に構える。

「お、おい！　よせよ！　仲間同士で――」

「仲間？」「仲間ぁ？」

う……。

ど、どうすりゃいいんだよ。どうすりゃ――。

クラウスにとって大事な仲間がいがみ合う地獄の空間。

いったい、本当にどうすれば――……。


「よせ……！　い、いいんだ、シャーロット――やめろ」

ッ！


「……レ、レイン?!」

場の空気が張りつめ一触即発になったその瞬間、レインがよろよろと起き上がる。

腕を失い、ボタボタと血を流しながら、それでも覚悟を決めた者の目で――。

「はぁはぁ、いい。いいんだ。……私は覚悟をしている……。もとより、ゲイン様に拾われた命だ、ともに逝く覚悟はとっくにできている――だから、」

がはっ!!

「メ、メリムと言ったな……。事情はなんとなくわかった……。それは、お前が使え。いや、使うべき理由がある、権利がある——なにより、義務がある！　……ならば、私ごときが使うわけにはいかない」

ごほ、ごほっ!!

「それに、な。……私はもう、十分生きた……。そのうえで、主《あるじ》を止められなかった悔いはあるが、それももはやこれまで——」

硬直したままのゲインの肩に手を置くと、そのままずるずると倒れこむレイン。

血は……もはやほとんど流れない。

「はぁはぁ……。——クラウス……立派になったな。お前のこと、最後まで面倒見きれなくて、すまん」

「レインさん……」

クラウスは3年前に『特別な絆《スペシャルフォース》』に加入した時に面倒を見てくれたレインのことを思い出す。

厳しくも優しく筋の通った人だった。ダメスキルと馬鹿にされていたクラウスにも、特別差別することなく、平等に、そして、最後まで指導してくれた……。ある意味、クラウスの冒険者としての下地を作ってくれた恩人だ。

「そして、シャーロット——……お前は、もう行け。クラウスなら、受け入れてくれる——お前は、私たちに最後まで付き合う必要なんてない——だから」

ガハッ！

「レイン!!」「レインさん!!」

最後にシャーロットをクラウスに託したレイン。本当に、この人はどこまでも――……。

「う、ううう……うううううううう」

メリム？

「ぐうううううううううううううううううう――」

バリリッ!!　と、メリムの唇が裂けて血が溢《あふ》れる。

そして、

「クラウス……。使え、使ってしまえよ!!」

「お、おい！」

早く!!

「早く使え!!　僕の気が変わらないうちに!!」

「で、でも――お前の故郷の人のことはいいのか？」

はぁ!?

「いいわけあるかよ!!　いいわけあるわけ、ねーだろがぁ!!」

だけどなぁ、だけどな!!

だけど!!

「一人を犠牲にして、みんなを救ったとして――……それで、誰が救われるんだよ!!」

いいから使え!!

もとより、『特別な絆《スペシャルフォース》』の持ち物だろうがよぉぉぉおおおおおお!!

――バシンッ!!

それだけ言うと、エリクサーをクラウスに叩きつけるメリム。あとは知らんとばかりに目をそらすと耳を覆ってしまった……。

「メリム……」

その姿が酷く小さく見えた。だけど——……。

「恩に着る……！」

クラウスには、レインに施す義理はない。すでに袂《たもと》を分かって数年。……もはや他人だ。

そして、
それと同じくらいメリムの故郷の1万人に対しても、義理はない。

だから——。

だから、使う……！

これは、クラウスの心のままに‼　この場にいる救うべき命のために——‼

「急いで！」

「わかってる——‼」

シャーロットの悲痛な叫びに振り向くクラウス。

すでに意識を失ったレインは、もはや土気色の顔をして、ほとんど息らしい息をしていない。

「レインさん‼」

ガバリと抱え起こすクラウスが、その口にそっと、エリクサーを注ぐ。

これで………！

コポッ。

「な……！」「そんな、レイン!!」

すでに飲み込む力もないのか、口の端からエリクサーをこぼすレイン。瞳孔が開いていき、何も映さなくなる——それを見てシャーロットが泣きそうな顔になる。

ほんの数秒前まで、レインはしゃべることができたのだ。それがここまで悪化したのは、確かにメリムとの押し問答のせいだ!!

だけど、

だけど、それじゃ誰も救われない!!

メリムは1万人の命を天秤《てんびん》にかけてレインを救うと決意したというのに、そのレインが死ぬ？

おまけにエリクサーまで無駄に——……!!

「さ、させるかッ!!」

ぐぃぃ!!

「ク、クラウス?!」「アンタ、何をぉ?!」「お兄ちゃん!?」

少女たちが驚くのも無理はない。

だが、クラウスはいたって正気!!　だから、口に、含、ん、だ、エ、リ、ク、サ、ー、を——。

（レインさん……）

その口から口に直接注ぐ！

「「「あ——！」」」

あまりの衝撃と光景に、全員硬直。だが——————……直後、ゴクリと、レインの喉が鳴る。

そして、

「かはっ！」

レ——。

「かは！　ガハッ!?　な、なんだ？　なにが——」

「レイ——」「レイ———————————ン!!」

うぶわっ!!

どかぁぁ！　とクラウスを弾き飛ばしてシャーロットがレインの首に齧《かじ》りつくように抱き着いた!!

「うわ!!　いたたた……シャ、シャーロット？」

「うわぁぁぁぁあああん！　うわぁっぁあああん！　生きてるぅぅぅぅううう！」

「は、はぁ？　わ、私はどうして——……」

抱き着くシャーロットをあやしながら、あたりを見回すレイン。

シュウシュウ！　と温かな湯気をたてながら癒えていく傷。

そして、クラウス、メリム、ティエラ……シャーロットと、硬直したゲインと、ニヨニヨしているミカと、向こう側で転がっているグレン達。

「まさ、か……。私は、生きて、いる？」

「うん、うん。うんんんん——!!」

「どうして……。いや、なぜ」

「いいんだよ！　いいんだよ——よがっだよぉぉおお！」

びゃーん！　と泣き騒ぐシャーロットに目を丸くしながらも徐々に状況を飲み込んでいくレイン。

まさか自分が生きていることが信じられずに、そして——。

「まさか、エリクサーをどうして？　……いや、どうやって？」

再び見回すと、口の端からエリクサーを垂らすクラウスに気付き、そして、自身のそれに触れて
——ボンッ！　と顔を真っ赤に染めるレイン。

全てを察したようだ。

そして、顔面を蒸発せんほどに赤く染めると、あわわわと慌てふためく。

「ま、ままっまま、まて！　まて、まて、まて——ク、クラウス、お前、まさか」

「へ？　あ、へ？」

あ…………………。

「あ——————————————！」

そうだわ。お、思わず何ちゅうことしてんねん、俺ぇぇ！　とクラウスも顔真っ赤っか!!

（マ、マウストゥマウスやんけぇぇぇぇぇ！）

ぎぇぇぇええ！　みんなの前で何ちゅうことをぉぉお！

それに今さら気付いたリズはと言えば、「ぶつぶつぶつ……！」と、何やら顔を逆に影に染めて表情が読めなくなる——こ、怖ぁ!!

なんかブツブツって言ってるし、こわっぁああ！　つーか、不可抗力じゃねぇ!?

むしろ、ノーカンでしょ⁉　何がノーカンで、義妹《いもうと》相手に、何を自分でも慌ててるのか知らんけどぉぉおおおおお‼

「あああああああああああああああああああ‼」

そんな目で見るなぁっぁぁあああああああ‼

首をブンブン振って後ずさるクラウスとニジリニジリと迫るリズ。そして、顔を覆って、恥ずかし気にしているレインと、その首に抱き着いたままのシャーロット。

そして、

「……これでよかったんだよな。これで――」

へたり込んだままのメリムの肩に手を置くティエラ。

「そうね……。あのまま見捨てていたら、きっと取り返しのつかないことになっていたわ。それだけはわかる――」

「でも、」

メリムは手放しには喜べない。だって、エリクサーは結局手に入らなかったのだから――。

「ふぅ……。気休めを言うのは好きじゃないけど、安心して――ギルドでも、全力を挙げてエリクサーを探すから。アナタはそれだけの働きをしたんですもの」

「……うん。ありがと」

それでも、しょぼんと沈んだままのメリム。

だが、全くの希望がないわけでもない。カッシュたちが買い占めたと言っても、持ち込んだうちの最後があのひと瓶だったのなら奴の財産を探せば残りが出てくる可能性は十分にある。

それに、市場から消えたのは一時的なものかもしれない。エリクサー自体、作るのもドロップも非常に困難な代物ではあるが、この世からすべて消えたわけではないのだから……。

「今はゆっくり休みましょう。それにね、」

ニッ。

慣れないウィンクを見せると、ティエラは言った。

「なんとなく、なんとなくだけど――どうにかなると思うのよ、私はね」

は？

「はぁ？　ど、どういう意味だよ?!　な、慰めなら、いらねーからな!!」

メリムはむっとして言い返すものの、ティエラは不敵な笑みを浮かべたままだ。……だって、知っているのだ――ティエラは。

クラウスを監視し、その能力をつぶさに見てきた。そして、メリムの事情を知り、エ、エ、エ、エリクサーが、使用されるところも見てきた。

つまり――………。

第19話「後日談」

「え、エリクサーが作れるだってぇぇっぇええ?!」

キ――――ン！

パリーン!!

「あーうっせぇ、うっせぇぇ!!」

「あーもう！　嵌《は》めたばかりのガラスがぁぁ！」

再建中のクラウス家を崩壊させんばかりの絶叫を上げたのは、クソガキことメリム。

「って、だれがクソガキだよ！」

「おめーだよ！　って、このやり取り何回やらせんじゃい！」

「お前が毎回言うんだろ!!」

だってクソガキじゃん!!

「クソガキじゃねーわい!!」

「じゃ、居候でバイトでクソガキじゃー！」

「属性増やすなぁぁぁあ！」

ぎゃーぎゃーぎゃー!!

「あはは、うるさーい。あと、メリムさんガラス代はバイト代から差っ引くからねー」

「んなぁぁああ！　お、おいクラウス、お前んチの義妹《いもうと》、可愛《かわい》く笑いながらエグイこと言ってるぞ！」

いや、当然やん？

「つーか、お前のバイト代とっくに、マイナスだからな？　払うどころか、壊したり邪魔したり、飯食ったり飯喰《く》ったり、主に飯代でマイナス中のマイナスだからな？」

「なぁぁぁあああ!!　そ、そんなこと言ったたって、リズの飯うまいんだもんよー！」

いや、知らんがな。飯がうまいのは知ってるけど……。

「で、なんだっけ？　エリクサー？」

「そうそう、エリクサー……って、サラっと流すなぁぁぁぁぁあ！」

あーあーあー、うるさいうるさい。

「うるさくないわ!!　そ、そ、そ、それをどれだけ探したと……！」

その日から数週間。

ようやく騒動も落ち着き、クラウス達は元の生活に戻ったわけだが、落ち込むメリムもギルドからの逐一の情報で徐々に元気を取り戻していった。

ティエラが気を利かせてくれたのか、方々にエリクサーの情報を集めるように指示を出してくれたみたいだ。

もちろん、結果として、見つかってはいなかったのだが、それでも、一人で探すのとギルドが手を貸してくれるのでは全然意味が違った。
そんな状況でようやくメリムも落ち着いてきたと思った頃に、クラウスがふと『自動作成』で、家の素材を作ろうかと試みている時にそれはあったのだ――。

ブゥゥーン……。

※　※

《作成アイテムを指定してください》
●ポーション類　←ぽちー
●スクロール類
●料理
●手工芸類
●家具
●その他

※　※

⇓低級ポーション、中級ポーション、高級《ハイ》ポーション、最上級《エクストラ》ポーション、低級マナポーション、中級マナポーション、高級マナポーション、低質強化薬、敏捷《びんしょう》上昇剤、筋力増強薬液、視力強化液、魔力上昇香、低級軟膏《なんこう》、火属性耐性丸薬、アンチポイズン、麻痺《まひ》消しタブレット、即効性鎮痛剤、興奮剤、気付け薬、エリクサー……etc.

※　※

…………………………………は？

「え？　は？　え？」
ゴシゴシ。思わず、目をこするクラウス。
だって、そこにはハッキリ・クッキリと──。

ぶぅうん……。

※　※

《作成アイテム：エリクサー　「作成数を指定してください」》
⇓作成までにかかる時間「⁇：⁇：⁇」

※　※

……あ、

「あるやん……」

エリクサー、あるや――――――――――ん！


「――っていうわけだ」

うんうん。

って、

「へー……なるほどぉ――」

「なるかぁぁっぁぁぁぁぁぁっぁぁぁあああああああああ!!」

メギャ――――ン!!　パリーン、ガシャーン!!

「うるせぇぇえええ！」「メリムさーん!!」

スパーン、パシーン!!

「あいだぁっぁあ！　って、リズ、それミスリルの包丁やーん！　こ、殺す気かぁっぁああ?!」

「はぁ?」

ジロッ。

「さ。さーせん」

「はい、よろしい、次騒いだら、こっちで殴るからね」

ギラリ！　と、刃の部分をトントンと叩《たた》くリズ――……こ、こえっっぇぇ。

っていうか、さっきのは峰打ちだったのね。

「……リ、リズ、さんって、怖くね？」

「何を今さら――あと、弁償加算な」

「んな――――」

じろッ。

「さ、さーせん」

ぷるぷる震えるメリムちゃん。で――。

「そ、それで、その……」

「ん？　あ……うん、そうだな。俺もびっくりしたけど――――あったんだよ、『自動作成』のコマンドの中に、エリクサーが、な」

うぇぇぇえええ?!

さすがに今度は目だけで驚くメリム。だが、その驚きは十分にわかる。

そして、

「そ、そうか……そういうことか――」

あの日のティエラの言葉を思い出すメリム。意味深に感じてはいたが、まさかまさか……。

「ま、まぁ、そういうことだ」

ちょっと顔を赤らめるクラウス。……あの日、レインに口移ししたことを思い出してしまった。

うぅ、初めてだったんだよなー。

「ん、ごほん！」

「おっふ……なんでもないっす」

ただそのオーラをちょっとでも感じたのかリズがメラァ！　と黒い瘴気《しょうき》を纏《まと》うので、すぐに平静な顔に戻る。

「……じゃ、じゃあ、できるんだな⁈」

「あ、あぁ、できるッポイな――その、なんだ。い、一応あれで、使、使用扱いだったらしい」

思えば簡単なことだ。

『自動作成』は、一度使った、ア、イ、テ、ムを、必ず自動的に作成できる――……つまり、自分に使うだけが使用ではなく、他人に使っても、使用は使用というわけだ。

……考えてみれば当たり前のことなんだけどね。

「そ、そうか……そうだったのか――」

「おう、だから、そうだな――時間を見て……、お、おい、メリム‼」

どさっ！

「そうか……。そうか……。そうだったのかぁぁああ！」

うううううううううううううううううううううううう！

「メ、メリム⁉」「メリムさん⁈」

うわぁぁあっぁぁあああああああああああああ‼

「うわっぁぁああああああああああああああああ‼」

ボロボロと大粒の涙を流すメリムを見て慌てるクラウス達。でも、その涙のわけが少しわかって苦笑する。

メリムは気丈にふるまってはいたがまだまだ、スキルを認定されてから1~2年程度の子供なのだ。

そのメリムが、たった一人で故郷を離れて、1万人を救う旅に出たのだ――聞くだけでも、苦労がしのばれる。

そして、今日……。この瞬間。諦めていた救いの手が舞い降りてきたのだ。

それを泣くなというのは酷だろう――。だから、クラウスもリズも、今度ばかりはメリムを攻めることなく、二人で彼女を優しく抱きしめてやった。

……そうして、わんわん泣くメリムを慰めてやり、クラウス達の冒険は一先《ひとま》ず、終わりを迎えたのだった――。

【自動機能《オートモード》】を手にしてから、長い長い戦いと冒険の日々であった。しかし、それも今日この日、報われたことだろう。

もっとも、【自動機能《オートモード》】が世のため、人のために役に立った日から数日後――。

クラウスが大量のエリクサーを作成し、その過程で再び大量にレベルアップしたのはまた別の話。

エピローグ「クラウス・ファミリー」

それから数年………。


「おーい！　行くぞ、メリム！」

「まてまてまてよー！　シャーロットがまだ起きてこないんだよ！」

なんだってぇ？

「ったく、しょうがねぇやつだな……。ギルドの保護観察の最終日だってのに」

再建されたクラウス家は以前よりもほんの少し大きくなっていた。

全部で2階建てとなり、1階部分にはみんなが使う共用部分としてキッチンにリビング。そして、念願であったお風呂と――なんと、サウナ付き！

便所は2つに、貯蔵庫や錬金術用の部屋まであるという至れり尽くせりの空間。

そして、2階にはクラウスとリズの部屋と、
客室だったはずがメリムに占拠されてしまい、ついには奴《やつ》の部屋なんだか物置なんだか、もうよくわからない汚部屋になってしまったものもある。

そして、最後――ちょっと小さめの屋根裏部屋には、ギルドから預けられたシャーロットの部屋があった。

それが現在のクラウス家。

……ちなみに、なぜシャーロットがいるかと言えば、あの日、ティエラに拘束された『特別な絆《スペシャルフォース》』の面々は、それぞれ刑に服すことになった。

それぞれバラバラの扱いではあるが、グレンとチェイルは、拘束されたうえ、どこか遠方に投獄され刑に服しているという。

そして、ミカは功績が認められて晴れてギルド付きの冒険者に——……今はピンピンのシャンシャンで白ゴス姿でティエラと組んでいるのをたまに見かける。

なんだかんだでいいコンビらしい。

さらに、シャーロットは、『特別な絆《スペシャルフォース》』に入ってからも浅く、アークワイバーン戦での活躍もあってか大幅に減刑——というか、ほぼ、無罪で、念のため保護観察という名目で信頼できる冒険者に預けられることとなった。

それが、クラウスだったのだが、理由は単純明快。——リズがいたからだ。

なんでもテリーヌさん曰《いわ》く、「うら若い女の子ですよ？　むさ苦しい男ばかりのパーティに預けるわけにはいきませんしね。……は？　俺も男ですけどですって？　……寝言はリズさんに言ってくださいよ、この腐れシスコン」とのこと——……いや、これ馬鹿にされてますよね？　ねぇっえええ!!

で、まぁ、結局断るに断り切れずに、シャーロットが再建したばかりの家に転がり込んできたのだった。

……まぁ、転がり込んできた直後は当然ひと悶着《もんちゃく》あったわけだけどね。それはまぁ、またいつかの機会に——簡単に言えばリズが怒り狂ったり、シャーロットが空気を読めずに、付けたばかりの玄関の呼び鈴をもぎとって、リンリン鳴らして、ドヤ顔してたり――……「呼び鈴を鳴らせぇっぇえ！」「鳴らしたよー」って、そうじゃねぇえええ！　みたい、なね……とほほ。

そして、レインさんはといえば、あれからギルドに投降し、全てのいきさつを話した後、ゲイン達の責任を取って、全ての後始末に協力することになった。

……雇われとはいえ、ゲインのやったことは大きな影響を与えたため、その隊長格であったレインも極刑にすべきという意見もあったのだが――最後にゲインを止めようとしたことが判明し、今では、ギルドの監視という名の下で終身雇用状態なのだとか。

だが、さすがは上級の傭兵《ようへい》にして長年『特別な絆《スペシャルフォース》』で教官をしていただけあって、ギルドにあっても優秀な教官として、今では冒険者連中には慕われているんだとか。

また、あくまでも噂《うわさ》の範疇《はんちゅう》ではあるが、色々あった上でもその優秀さから、次期ギルドマスターではないかと目されていると聞く――。

もっとも、クラウスと顔を合わせるとなぜか挙動不審になるので、今になっても関わりが少ないんだけどね……まぁ別にいいんだけどね？　……いいよね？

そして、最後にゲイン――……。

奴はアレからもドヤ顔で硬直したまま動かない。

おまけに、あらゆる外部からの干渉を受け付けないものだから、今では王都の広場に戒めのプレートと一緒の台座に彫像代わりに設置されているのだとか。

現在その場所は、絶賛犬の散歩コースで、マーキングのいい的になっていると聞く。

「で——お前はよー。いつまでここにいるんだよ？」

「あ！　どういう意味だよ‼」

いつもの魔導士っぽい服装に身を固めたメリム。

頭にグルグルの包帯だか布を巻いた姿は変わらないが、ローブの下はなかなかの胸部装甲を携えたグラマラスな少女に変貌していた。

さすがにあの巨乳をサラシではいつまでも隠しきれなかったようで、今ではボインボインのバインバインでフルに揺らしながら冒険に挑んでいる。……ただ、家の中で揺らすとリズがすっごい目で睨《にら》むとか何とかで、ローブは欠かせないのだという。

「どういう意味も何も、お前のためにどれだけ時間と手間暇かけてエリクサー作ってやったと——」

「まぁた、その話かよ！　報酬は払っただろ！」

あーそうだな！

規定よりかなり安めの報酬と、行く予定もない北方の広大な土地をなんつーか『領地』とかいって——……ついでに、このバカ居候のクソガキを押し付けられてなぁ‼

「んなあぁぁぁ！　だ、誰が居候だ、誰がぁぁぁあ！」

「おめぇだよ‼　つーか、俺はいらねーからな、お前みたいなクソガキを嫁にはなぁぁ！」

んがー‼

「僕だって好きで嫁《とつ》いだわけじゃないわーい！」

「嫁いでねぇ！　誤解招く言い方すんなし!!」

……ったく。

北方の1万人をエリクサーで奇病から救ったクラウスとメリムは、当然ながら英雄としてたたえられた。

なにやら、勲章は届くし、金貨は貰《もら》うし、装備品は届くし、領地は譲渡されるし、エライ感謝されたわけだが、どういうわけか――……。

「お前、あの件で北方領のエライさんになったんだろ？　いや、今は領主か」

「知らねーよ！」

望んでねーよ！　と、そう言うメリム。

どうやら、奇病から救ったことで、北方領の後継者に指名されたメリム。もっとも、本人はまっぴらごめんと言うが偉いさんの家系の考えることだ。

どうやら、無理矢理後継者に指名されているらしい。

そして、もう一人の功労者のクラウスには、その領主たるメリムを嫁にあてがい、行く行くは、クラウスを正式に北方の領主にさせたいのだとかなんとか――そんな感じの仰々しい書簡が届いたので、その日のうちに「そぉぉおい！」と叫んでぶん投げてやった。

冗談じゃねーよ。偉くなりたいわけでもないし。メリムなんか、なおさらいらねぇ――。

「いらねぇとかいうな！　この野郎！」

たゆんたゆん……！

「む……！　い、いらんもんはいらん!!」

胸に目を奪われつつ、リズの殺気を感じてさっと目をそらすクラウス。

ただでさえ、家族のことだけで手いっぱいなのに、これ以上クソガキを嫁に貰って滅茶苦茶にされたくはない‼

――胸は凄《すご》いけどな、胸だけはぁぁぁぁあああ‼

「ふぁぁぁぁあ、おはよー」

おはよーじゃねーよ。

「今、昼前だっつーの！　寝過ぎだ居候2号！」

「むー。そんなに寝てないよー」

ぼーりぼり。

パジャマをめくって際どい見え方で腹を掻《か》くシャーロット。……って、腹を掻くな腹を！　おっさんか‼

つーか、12時間も寝たら、寝過ぎだと世間一般では言うんだよ、ったく――。

「あーあー、クラウスはうっせえし、シャーロットは寝坊するし。まったくついてねぇぞ。……それより、今日のクエストはぁ？」

む。確かにそろそろ時間か。

シャーロットのせいで、出発が遅れそうだが、仕方がない。

「んー。例の墓所の安全化の続きだな」

「げっ……まぁた、あそこかよ？」

地下何階まであるのか知らないが、かなり深い位置に階層が続く辺境の町の地下墓所《カタコンベ》を思い、メリムがうんざり顔。

さすがに慣れてはきたようだが、メリムはああいうとこは本来苦手だというのだから、この顔も致し方なし——。

「まぁ、もうちょいだろ？　報酬はともかく、ギルド貢献度は高いらしいしな」

そう言ってチャラリ♪　と首から下げたギルド認識票《ドッグタグ》を陽に透かすクラウス。メリムやシャーロットとおそろいのそれは、Ａ級の冒険者認識票。

数年で、ここまで上り詰めたのだ。そして、渋い顔のテリーヌさんを何とかなだめすかして聞き取ると、どうやら滅多に出されないＳ級の申請を今考慮しているのだとか。

ただ、それにはギルド貢献度がまだ足りない。

まぁ、それでも、報酬度外視の仕事をこなしていけば近日中には、申請にこぎつける可能性もあるというが——。

「で——？　Ｓ級になってどうすんだよ？」

モキュモキュと、リズの作った飯を食いながらメリムが言う。

「そりゃ、扱える情報が桁違いだっていうしな——」

クラウス自身興味はなかったのだが、大量の報酬を得て、家も再建できるとなったならば、次に気になったのは数年前から行方不明の父親のこと。

リズが嫌うので、表立って探すことはできなかったが気にならないと言えばうそになる——。

「ふ～ん、例の古参のＳ級の親父ねー」

「しっ！」

リズに聞かれたらなんて言われるか──。

「ん？　何の話──⁉」

ドキ‼

バスケットに焼きたてのパンをのせたリズが食卓に顔を出す。

……あれから随分と成長したリズはさらに綺麗《きれい》になった。まぁ、胸のサイズはゴニョゴニョぉお
おおおおおおおおおおおおおおお‼　あだだだだだだ！

「な、なんだよ急に！　トングで鼻つまむなよ‼」

「んー。なんか鼻をつまめっていうクエストが発生した気がしたの」

するか馬鹿‼

「ったく、なんでもねーよ」

「ふ〜ん？」

それ以上はリズも追及せずに、メリムやシャーロットの皿に料理を盛り付けていく。

いつもの光景だ。

「あ、そうだ‼　ねぇねぇ、お兄ちゃん見て見てー！」

胸を張ってエッヘンと威張るリズ。

胸……？

「小さいな」

「うん、そうだね──って、殺すわよ」

「さ、さーせん」

も、もちろん冗談です。

だから、包丁逆手に持つのやめて――。えへへ。

「まったく、相変わらずなんだから――」

プリプリしていたリズだが、すぐに気を取り直し、今度こそ、胸に光るそれを指し示した。

じゃーん！

「お」

リズが示しているのは錬金ギルドの認識票で、色がシルバーからキン、キラ、キン、の金に変わっている――……って、これは！

「へへー！　わたくし、リズ・ウォルドルフはなんと、錬金ギルドのA級に昇格しましたー」

お、おぉおー!!　パチパチパチ!!

全員がやんややんやと拍手で喝采――……って、すげぇな。

「えへへ、皆の協力のおかげだよぉ」

「……いや、ほとんどリズの実力だと思うぞ」

うんうん。

錬金ギルドは稀少《きしょう》素材の納品と薬品や魔道具の作成依頼を完遂して昇格するわけだが、リズに掛かれば稀少素材でもなんでもござれだ。

クラウス達はリズに頼まれて採取してきたり、時には本人を護衛して採取したりで、リズを支援してきた。

そして、リズ自身の努力もあってかなり錬金術の腕前も上がっていた。今ではリズ印のポーションは高品質ということで人気が高く、師匠のホロメイもウッハウハなのだとか。もっとも、リズ自身の可愛《かわい》さも相まって凄い売れ行き。ちなみに、クラウス発案で、リズのブロマイド付きで売ったのも要因かもしれない——くそー、リズの可愛さを知ってもらうためだが、ファンを作り過ぎてしまった、ガッデム。

「キモイぞ、クラウス」「きもーい」

うっせぇ、居候ーズが！

ったく、

「えへへ、ということで、私も冒険者に——」

「それはだめだ！」

ぴしゃり!!

「えええええええ、なんでっぇええ?!」

「危険だからだっつってんだよ、ったく——」

ことあるごとにリズが冒険者になりたいアピールをするが、だめなものはだめ！

「ほら。わかったら、お兄ちゃんにもご飯くれ、ごはーん！」

ぶー。

「意地悪なお兄ちゃんには、昨日の堅くなったパンだけですよーだ」

む。……すーぐ拗《す》ねるんだから。

そう言いつつも、ちゃんと用意してくれるリズの後ろ姿を眺めながらほっこりするクラウス。

「きもい」「きもいー」

うるせぇ。

「ったく、ほら、飯食いながら今日の打ち合わせしようぜ」

「ほいほい」「はーい♪」

目的地が町中なので準備が少なくて助かる。そして、十分に打ち合わせした後、ふと、メリムが言う。

「そういや、お前、昨日滅茶苦茶久しぶりにレベル上がってなかったか？」

「ん？　あーそう言えば……」

あまりにも久しぶり過ぎて、忘れるところだった。

……クラウスはメリムの頼みでエリクサーを作る時に大量レベルアップを果たしていた。

なんでも、エリクサーの希少材料には、液体金属のスライムを新鮮な状態で倒して絞る必要があるとかで、彼女の北方領が必死で集めたそれを、１万人分を作る傍らで絞めまくったのだ。

おかげで、レベルは今日までに、

※　※　※

レベル：２１２（ＵＰ！）
名　前：クラウス・ノルドール
スキル：【自動機能《オートモード》】Lv６

Lv1⇒自動帰還
Lv2⇒自動移動
Lv3⇒自動資源採取
Lv4⇒自動戦闘
Lv5⇒自動作成
Lv6⇒自動攻略
Lv7⇒？？？？？

●クラウスの能力値
体　力：　1152（UP！）
筋　力：　866（UP！）
防御力：　682（UP！）
魔　力：　603（UP！）
敏《びん》捷《しょう》：　973（UP！）
抵抗力：　408（UP！）
残ステータスポイント「＋322」（UP！）
スロット1：剣技Lv7
スロット2：気配探知Lv6
スロット3：下級魔法Lv2
スロット4：自動帰還

スロット５：自動移動
スロット６：自動資源採取
スロット７：自動戦闘
スロット８：自動作成
スロット９：自動攻略
スロット10：なし（ＮＥＷ！）
既存スキル
「火属性耐性Lv４」（ＵＰ！）
「水属性耐性Lv３」（ＵＰ！）
「風属性耐性Lv４」（ＵＰ！）
「闇属性耐性Lv２」（ＵＰ！）
「光属性耐性Lv２」（ＵＰ！）
「立体機動Lv５」（ＵＰ！）
「ドラゴン斬りLv４」（ＵＰ！）
「高速回避Lv２」（ＮＥＷ！）
「鷹《たか》の目Lv３」（ＮＥＷ！）
●称号「ドラゴンスレイヤー」
⇓竜族に対してダメージ＋20％、
竜被害を受けた人々からの好感度が自動的に上昇

●臨時称号「暫定勇者」
⇓全ステータス＋10％、
　一部の人々に認められし勇者。その後の行動で、真の勇者となることもありうるが……

●臨時称号「超シスコン」
⇓筋力＋50％、敏捷＋50％
　リズに首ったけのクソアニキ。……キモイので、他所《よそ》では隠してください

※　※　※

すげ、いつの間にかレベル212だわ。

そーいや、レベルだけで言うなら辺境最強なんだそうだ──へへ。

「っていうか、うお!!」

こ、これは……SPが「＋322」

「え？　おい、まさか──」

「お、おう」

ユニークスキルLv6で『自動攻略』を手にして以来久しぶりのランクアップだ。まさか、ここまでくるとは……。

──ゴクリ。

「ど、どうすんだ？」

「むぅ、クラウスは凄い悩んでる――」

そりゃそうだろう。

ユニークスキルLv7だぞ？　下手すりゃこれでカンストなんじゃゃ――……。

「あ、上げてみるか」

「お、マジか？」

だってなー。いずれはこうなる可能性があったし。

……まぁ、現時点でLv6もあるユニークスキル自体が強過ぎて全く不自由していないのだけどね。

だって、自動資源採取と自動戦闘が優秀過ぎて……。

さすがにLv6の自動攻略はおいそれと連発はできない代物だった。なにせ、ダンジョンやらフィールドというのはそれ自体を稼ぎ場所としている人々がいる。言わずと知れた冒険者たちがそうだ。

その稼ぎ場所を一時的とはいえ正常化してしまうのはあまりにも褒められたことじゃない。もっとも、必要に迫られればためらうことはしないけどね――。

「…………よし！」

決めた!!

ステータスオープン!!

「お、やるのか！」

「わくわくー」

「お兄ちゃん、もうちょっと慎重に――」

三者三様の反応を見せているが、それらに苦笑を返しつつクラウスは軽く瞑目《めいもく》する。

ステータス画面の起動する低音とともに、カチカチと、それを操作するクラウス。

うん……。久しぶりのランクアップに手が震える。

「これ、か……」

大量のＳＰ「＋３２２」を、ジッと眺めた後、僅《わず》かにためらいつつも、勢いに任せて投入することにした。

いつだって、この日を夢想してきた気がするんだ。だからためらいを捨てる。

――ポーン♪

軽い音とともに、飲み込まれていくＳＰが「＋３２０」……。

すると、ＳＰの上限がス～ッと消えていき、ついに残「＋３２２」が　↓　「＋２（ＤＯＷＮ）」

そして、同時に、

――ぶぅぅぅん……！

※　※　※

レベル：212（UP！）
名　前：クラウス・ノルドール
スキル：【自動機能《オートモード》】Lv7（UP！）
Lv1⇒自動帰還
Lv2⇒自動移動
Lv3⇒自動資源採取
Lv4⇒自動戦闘
Lv5⇒自動作成
Lv6⇒自動攻略
Lv7⇒自動人生（NEW！）

※　※　※

な！

「「「お、おおおおお――――……！」」」

絶句するクラウスに対して、感嘆の声を上げる女子3人。

い、いやいや、まてまてまて――。

これはいったい。

「じ、自動…………人生？」

……な、なんじゃこれ？

思わず言葉を失うクラウスは、それでも慌てず冷静にヘルプを起動する。

そして、その文面を見て大きく目を見開き、驚くも——やがて、ふと目を細めて小さく笑う。

なぜなら……。

※　※　※

スキル【自動機能《オートモード》】ヘルプ起動中……

能力：SPを使用することで、自動的に行動する。

Lv1自動帰還は、ダンジョン、フィールドから必ず自動的に帰還できる。

Lv2自動移動は、ダンジョン、フィールド、街などの一度行った場所まで必ず自動的に移動できる。

Lv3自動資源採取は、一度手にした資源を、必ず自動的に採取できる。

Lv4自動戦闘は、一度戦った相手と、必ず自動的に戦闘できる。

Lv5自動作成は、一度使ったアイテムを、必ず自動的に作成できる。

Lv6自動攻略は、一度攻略したダンジョン、フィールドなどを、必ず自動的に攻略できる。

Lv7自動人生は、一度の人生を必ず自動的に全うできる。（NEW！）

※　※　※

「……………………人生を自動的に全う――か」

あは、

あははははははははははははは！

「お兄ちゃん？」「クラウス？」「クラウス～？」

ふふふ。

目を丸くしている少女たち３人の頭をそれぞれポンポンと撫《な》でながらクラウスは深く椅子に腰かけ、天井越しの空を透かし見る。

「……ま～～～ったく【自動機能《オートモード》】には驚かされてばっかりだったよ」

そう。初めてこのスキルを授かった時から、今日まで。

そして、数多《あまた》の戦いと冒険を潜り抜け、たくさんの仲間との絆を育むことができた今日のこの瞬間まで、ずっと。

本当に今日までずっと、ずっと、ずっと、驚きと興奮の連続だった。

……それもこれも、【自動機能《オートモード》】のおかげだ。

だけど、それでも――――。

そっと、Lv７『自動人生』に触れるクラウス。どんなスキルでも、一度は試すべきかもしれない。

そうして、そっと……もう一度天井を見て、再び家を見渡し、そのまま窓の外を見る――……そこに広がるのは、いつもの辺境の町の光景だ。
最後に、視線を戻して、不思議そうな顔をしている、メリム、シャーロット、そして、リズを見つめる……。

「――お兄ちゃん？」

サラサラの髪を揺らしながらスープの入った深皿を差し出すリズの頬に触れるクラウス。
そして、
――スキル『自動人生』起動ッ！

ブゥン……。

※　※

《対象者：クラウス。ノルドール》
⇓人生全うまでの時間――――「38…………

※　※

「…………はは」

『自動で人生』だって？

――ふっ。

小さく笑ったクラウスは、ついに最後まで見ることもなく、ステータス画面を閉じてしまう。

そうさ、あとは深く考える必要などない。

……だってそうだろ？　自分の人生を全うする時間を、自動でやるだって――――？

「ふふふふ、あははははははは！」

そんなのって、まったくバカバカしいじゃないか。

――そうは思わないかい？


くるり。

クラウスはこ、っ、ち、を向くと、サムズアップ《親指を立て》しながら言った。
「だって、一度きりの人生だぜ？」
泣いたり笑ったり、
失敗したり挫折したり、
誰かを愛したり、憎んだり。

おいしいものを食べてさ――――綺麗で美しいものを見て豊かな人生を歩む。

ときには、膝をついたり、悔しいこともあるだろうさ――。

「……だけど、それが人生ってものだろう?」

自動で全うするなんてさ……。

「もったいないと思わないかい?」


パチッ♪

綺麗なウィンクを一つ。

クラウスの満面の笑みと、リズ達と囲む食卓を背景に、クラウス達の人生は続いていく。

まだまだ、これからもずっとずっと……人生はとても長いのだから――――。

～ 完 ～

ブツンッ――――

あとがき

拝啓、読者の皆様。ＬＡ軍《らぐん》です。

皆様、まずは本書をお手に取っていただきありがとうございます。

本書で初めての方は初めまして！　ＬＡ軍と申します。

ダメシリーズ５巻でございます。本作はお楽しみいただけたでしょうか？　少しでもお楽しみいただけていれば作者として無上の喜びです。

さて、本シリーズは、私にとっては書籍６作品目の続刊であり、作者としても５巻目を出せたことは、ひとえに応援してくださった皆々様のおかげであると思い、大感謝の気持ちでいっぱいです。今後ともよろしくお願いします。

さて、本作品について少し。今回は、クラウスを含めクラウス軍団（？）が大活躍する話となっております。前巻にて、リズが新たにスキルを得て、そのスキルの検証などのんびりと過ごすはずが、いつものアイツがとんでもない事態を引き起こします。その大騒動に巻き込まれる形でクラウス軍団が出動する――という流れが本作でありますが、なんとついにお兄ちゃん大好きっ子こと義妹のリズも参戦するかもしれません。そして、あのキャラまでもが味方（？）になって余計に事態をこじれさせることに……。

そして、本巻をもっていったん小説版【自動機能《オートモード》】は締めのところまで到達いたしました。他にも語りたいこと、見せていない冒険、クラウス一家の謎や伏線などもありますが、そちらはまた別の機会にしたいと思います。

なにより、皆さまの熱いご声援をもって次なるクラウスの活躍を後押ししていただけると幸いです！　なにとぞよろしくお願いします。

そして、本巻の見どころをもう少しだけ。

今回は登場キャラがほぼ全集合となっております。あの時出てきた人で、出てこない人――はほぼおりません。そして、意外な活躍を見せるキャラなど、【自動機能《オートモード》】の登場人物の普段見ることのできなかった顔が見られて見どころたっぷりであること間違いなしです！　詳しい活躍は是非とも本編にてお楽しみいただければ幸いです。

【自動機能《オートモード》】――このスキルの見どころはまだまだ満載です。これからも是非ともよろしくお願いします。


それでは、小説5巻のあとがきは、いったんここまで。

次のクラウスの活躍はいかほどのものか。……こうご期待ッ！　ぜひとも、今後とも応援のほどよろしくお願いします。

最後に、本書を編集してくださった編集者さま、校正の方、出版社さま、そして美麗なイラストで物語に素晴らしい華を与えてくださった潮《うしお》一葉《ひとは》先生、本書を取り扱ってくださる書店の方々、そして本書を購入してくださった読者の皆様、誠にありがとうございます。御礼をもってご挨拶とさせてください。本当にありがとうございます！

敬具。

追記。

本作品。コミカライズももちろん大好評発売中です！「マガポケ」をはじめ、アプリで見ることもできます！　そして、コミック版は続刊も続々登場します！

是非とも、コミカライズ作品とともにお手に取っていただき、クラウスの活躍に流麗なイラストとともに没頭してください。私も絶賛没頭中です！　それでは、小説とコミックの中でクラウスの活躍をぜひともご覧いただきたく思います！　小説も、コミックともども絶対に損はさせないので、お手に取っていただければ幸いです。

またお会いしましょう！

読者の皆様に最大限の感謝をこめて。吉日

Kラノベブックス

ダメスキル【自動機能《オートモード》】が覚醒《かくせい》しました5
～あれ、ギルドのスカウトの皆《みな》さん、俺《おれ》を「いらない」って言《い》ってませんでした？

LA《ら》軍《ぐん》

2024年5月29日第1刷発行

発行者	森田浩章
発行所	株式会社 講談社 〒112-8001　東京都文京区音羽2-12-21
電　話	出版　(03)5395-3715 販売　(03)5395-3605 業務　(03)5395-3603
デザイン	モンマ蚕＋吉田有里（ムシカゴグラフィクス）
本文データ制作	講談社デジタル製作
印刷所	株式会社ＫＰＳプロダクツ
製本所	株式会社フォーネット社

KODANSHA

落丁本・乱丁本は購入書店名を明記のうえ、小社業務あてにお送りください。送料は小社負担にてお取り替えいたします。なお、この本の内容についてのお問い合わせはライトノベル出版部あてにお願いいたします。
本書のコピー、スキャン、デジタル化等の無断複製は著作権法上での例外を除き禁じられています。本書を代行業者等の第三者に依頼してスキャンやデジタル化することはたとえ個人や家庭内の利用でも著作権法違反です。

ISBN978-4-06-534721-8　N.D.C.913　344p　19cm
定価はカバーに表示してあります

ファンレター、
作品のご感想を
お待ちしています。

あて先　〒112-8001　東京都文京区音羽2-12-21
（株）講談社　ライトノベル出版部 気付
「LA軍先生」係
「潮一葉先生」係

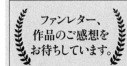